DEUDA DEL CORAZÓN
HELEN BROOKS

Editado por Harlequin Ibérica.
Una división de HarperCollins Ibérica, S.A.
Núñez de Balboa, 56
28001 Madrid

© 2011 Helen Brooks
© 2018 Harlequin Ibérica, una división de HarperCollins Ibérica, S.A.
Deuda del corazón, n.º 2632 - 27.6.18
Título original: The Beautiful Widow
Publicada originalmente por Mills & Boon®, Ltd., Londres.
Este título fue publicado originalmente en español en 2011

I.S.B.N.: 978-84-9188-084-4
Depósito legal: M-10889-2018
Impresión en CPI (Barcelona)
Fecha impresion para Argentina: 24.12.18
Distribuidor exclusivo para España: LOGISTA
Distribuidor para México: Distibuidora Intermex, S.A. de C.V.
Distribuidores para Argentina: Interior, DGP, S.A. Alvarado 2118.
Cap. Fed./Buenos Aires y Gran Buenos Aires, VACCARO HNOS.

Capítulo 1

S TEEL Landry estaba a punto de perder la paciencia. Había dedicado casi toda la mañana del lunes a arreglar el desastre causado por uno de sus empleados.

La empresa de Steel se había convertido en una corporación multimillonaria cuyos tentáculos se extendían a doce de las principales ciudades del Reino Unido. Como él no podía estar en todas partes y tampoco tenía plantilla suficiente, se había visto obligado a confiar en el personal de las distintas delegaciones del país. Por desgracia, uno de sus directores había incumplido ciertas obligaciones contractuales y había dejado en mal lugar a Landry Entrerprises.

Su mañana había sido todo un ejercicio de control de daños. Y aunque logró solventar el problema, le había dejado mal sabor de boca.

Además, las complicaciones estaban lejos de terminar. Su cuñado, Jeff, había llamado por teléfono para informarle de que su hermana había ingresado en el hospital porque corría el peligro de sufrir un aborto espontáneo; y su secretaria, una mujer tan eficaz como fiable, acababa de presentar su dimisión por adelantado porque habían trasladado a su marido a los Estados Unidos y ella se iba con él.

Miró los sándwiches de salmón que iban a ser su

comida y, por segunda vez en veinte minutos, llamó al hospital.

La respuesta fue la misma de la vez anterior; según la enfermera que respondió, la señora Wood estaba tan bien como podía estar en semejantes circunstancias. Pero Steel pensó que, en la jerga hospitalaria, eso podía significar que estaba sufriendo los tormentos del infierno.

Preocupado, decidió posponer todas las obligaciones del día y acercarse al hospital de Londres para asegurarse de que Annie recibía el mejor trato posible. Jeff era un gran tipo y estaba profundamente enamorado de Annie, pero trabajaba en una empresa aeroespacial como astrónomo e investigador de sistemas de comunicaciones, y su mente pasaba más tiempo en las nubes que en el planeta Tierra.

Antes de salir, echó un vistazo a su agenda. No había nada importante.

Pero entonces, frunció el ceño.

Había olvidado la entrevista con la mujer que James le había recomendado para el puesto de diseñadora de interiores. Se llamaba Toni, Toni George, y había quedado con ella a las cinco y media de la tarde.

Steel movió la cabeza para intentar relajar la tensión de su cuello. Solo faltaban dos horas para su cita con la señorita George, pero había una solución: visitaría a su hermana y quedaría con la diseñadora en su ático de Londres, que estaba a tiro de piedra del hospital.

Pulsó el botón del intercomunicador y dijo:

—Joy, esta tarde tenía una cita con Toni George. Llámala por teléfono y pregúntale si puede ir a la misma hora a mi piso. Tengo que irme al hospital.

Dos segundos después, su secretaria llamó a la puerta del despacho y asomó su cabellera rubia.

–Ya está arreglado, Steel –dijo–. Se ha asustado un poco cuando le he dicho que querías verla en tu piso... pero se ha tranquilizado al saber que quedabais allí porque tienes que ir al hospital a ver tu hermana y te queda cerca.

Steel miró a Joy con humor. No se le había ocurrido que la señorita George se pudiera asustar con el lugar de la cita.

Se levantó del sillón y alcanzó la chaqueta del traje.

–Gracias, Joy. Ah, y felicita a Stuart por su ascenso.

–Lo haré.

Joy le dedicó una mirada cariñosa. Sabía que Steel adoraba a su hermana y que estaba muy preocupado por su estado, aunque su dura y atractiva cara no mostrara ninguna emoción. Llevaba cuatro años a su servicio y, además de ser el mejor que jefe que había tenido en toda su vida, también era el más guapo. Si no hubiera estado tan enamorada de su marido, se habría enamorado de él.

Steel salió a la calle. Era un caluroso día de junio, pero se sintió algo mejor cuando se sentó al volante de su Aston Martin, arrancó el vehículo y puso el aire acondicionado. Le gustaba conducir.

Mientras se abría paso entre el denso tráfico del lunes, pensó en Annie.

Steel le sacaba doce años. Annie tenía veintiséis y había quedado a su cargo cuando sus padres fallecieron en un accidente de tráfico. Por entonces, Annie era una niña y él estaba a punto de entrar en la

Universidad, pero las circunstancias lo obligaron a buscarse un trabajo y renunciar a sus estudios. Aunque sus padres les habían dejado dinero suficiente para sobrevivir, no habría sido suficiente para pagar la casa donde vivían. Y Steel no quería que perdiera su hogar.

A pesar de todas las dificultades, salieron adelante. Lo hicieron solos, porque sus abuelos también habían fallecido. Y las cosas les habían ido bien. Annie se había convertido en una joven tan inteligente como bella y él, en un hombre independiente y rico que no tenía que rendir cuentas a nadie.

Steel no lamentaba que su vida hubiera sido más difícil por tener que cuidar de Annie. La había cuidado porque quería cuidarla. Pero los largos años transcurridos hasta que su hermana llegó a los veintiuno y conoció a Jeff le habían enseñado una cosa: que no quería volver a ser responsable de nadie. Que quería una existencia sin ataduras y sin obligaciones emocionales. Que quería ser libre.

Naturalmente, eso tenía consecuencias en su vida amorosa. Sus relaciones duraban poco tiempo. Apenas habían transcurrido dos semanas desde que había roto con la última de sus amantes, Bárbara, una abogada refinada y voluptuosa de mirada felina.

Se pasó una mano por el cuello y recordó la bofetada que le había dado cuando la dejó. Echaba de menos su cuerpo en la cama, pero sabía que había hecho lo correcto al quitársela de encima. Además, Steel no engañaba a nadie. Dejaba claras sus intenciones desde el principio. Buscaba relaciones puramente sexuales, sin promesas, sin flores; relaciones entre personas adultas que querían compartir piel y afecto durante una temporada.

El tráfico era tan terrible que tardó una hora en llegar al hospital. Cuando abrió la portezuela, se llevó una mano al corazón. Estaba tan angustiado por la suerte de Annie que se le había acelerado.

Salió del coche, echó los hombros hacia atrás y alcanzó el ramo de rosas amarillas y blancas que había comprado por el camino.

Le temblaban las manos. No era lo mejor para inspirar confianza en una entrevista de trabajo. Y mucho menos cuando el hombre que la iba a entrevistar era Steel Landry, famoso por su actitud fría, segura y absolutamente profesional.

Toni respiró hondo y echó el aire muy despacio. Repitió la operación varias veces, intentando aplacar sus temores. Había leído en alguna parte que funcionaba.

Pero no funcionó. Solo sirvió para que se sintiera ligeramente mareada y mucho más asustada que antes. Si se desmayaba delante de Steel Landry, sería desastroso.

Se levantó del sofá en el que se había sentado, caminó hasta la ventana y contempló la calle, muy concurrida. El cristal, doble, reducía el ruido del tráfico a un sonido apenas audible; y aunque las aceras estaban llenas de gente, no llegaba ni el menor eco de sus voces.

Se dio la vuelta y contempló la enorme y lujosa sala, con sofás y sillones de cuero, mesas de cristal, estanterías hasta el techo y una preciosa chimenea de mármol. Era un lugar impresionante, aunque a Toni le pareció algo frío. Tuvo la sensación de que la persona que vivía allí no quería dar pistas sobre su forma de ser y de pensar.

Todavía estaba pensando en ello cuando la puerta se abrió y apareció un hombre alto y de cabello oscuro.

–Siento haberle hecho esperar. He recibido una llamada urgente... Soy Steel Landry, y supongo que usted debe de ser Toni George, ¿verdad?

Toni asintió y él le estrechó la mano.

–Siéntese, por favor. Maggie nos traerá café dentro de un par de minutos –añadió él.

Ella se sentó en uno de los sillones. James había descrito a Steel como un hombre atractivo, y no se había equivocado. Sus duras facciones eran ciertamente atractivas, pero lo que más le llamó la atención fueron sus ojos, de un azul metálico, penetrante, con unas pestañas largas y negras que los enmarcaban a la perfección.

Toni pensó que muchos modelos de las revistas de moda habrían pagado una fortuna por tener unos ojos como aquellos.

–¿Quiere que le cuelgue la chaqueta? –preguntó Steel.

Cuando Toni se levantó para quitarse la chaqueta, notó el aroma de su loción de afeitado; un aroma cálido y con un fondo cítrico.

Inconscientemente, se estremeció. Y se sintió aliviada cuando Steel se dio la vuelta para colgar la chaqueta. Además de ser muy atractivo, también era muy alto. Ella sobrepasaba el metro setenta, pero él le sacaba más de diez centímetros.

Se sentó de nuevo y sacó fuerzas de flaqueza. Su voz sonó sorprendentemente tranquila, teniendo en cuenta lo nerviosa que estaba.

—Le agradezco que me haya recibido... sé que está muy ocupado. Espero que su hermana se encuentre mejor.

Él frunció el ceño y se sentó frente a ella. Toni supo que había cometido un error al preguntar por su hermana.

—Está embarazada y han surgido complicaciones —declaró Steel.

Toni se ruborizó un poco, pero mantuvo la compostura.

—He traído una muestra de mis trabajos y una lista de mis clientes anteriores, que estarán encantados de darle las referencias que necesite. Yo...

Steel alzó una mano para acallar a Toni. Después, se echó hacia delante y la miró con intensidad.

—La investigué antes de concederle la entrevista, señorita George —le explicó—. James es el mejor arquitecto que conozco, pero él sería el primero en admitir que no sabe mucho de diseño de interiores. Cuando me sugirió su nombre, dijo que era una diseñadora excelente y que trabajó seis años para él, hasta que lo dejó hace cuatro para fundar una familia. ¿Es correcto?

—Sí, sí... es correcto.

—Y ahora quiere volver a trabajar...

Toni se sintió como si fuera una reclusa y la estuvieran sometiendo a un interrogatorio.

—Sí, en efecto.

—¿Por qué? —preguntó Steel.

–¿Cómo?

–¿Por qué quiere volver a trabajar? ¿Porque tenía intención de volver a ejercer? ¿Porque se aburre? ¿Porque tiene problemas económicos?

–Yo...

–¿Está segura de que no quiere tener más niños? –insistió él.

Toni se sintió profundamente ofendida por las preguntas de Steel. Alzó la barbilla, orgullosa, y respondió:

–Estoy completamente segura. Y en cuanto a mis motivos para volver al trabajo, no son asunto suyo.

Él la miró con frialdad.

–En eso se equivoca. Supongo que James le explicaría que pretendo diversificar mi negocio. Antes me dedicaba a asuntos específicamente inmobiliarios, pero ahora tengo un proyecto que consiste en convertir una antigua fábrica en un edificio de apartamentos para ricos... y cuando digo ricos, quiero decir verdaderamente ricos.

Steel hizo una pausa y siguió hablando.

–Tenemos que darles lo mejor de lo mejor. Tenemos que ofrecer un espacio tecnológicamente puntero, pero sin perder ni un ápice de calidez. Conozco a un montón de diseñadores excelentes, pero James mencionó su nombre en una conversación y me pareció que podía ser la persona adecuada. Este proyecto solo es el principio de un plan más ambicioso. Necesito gente que se pueda comprometer a largo plazo.

Toni asintió. Ella también había hablado con James, quien le había dicho que Steel era un espíritu inquieto, un hombre que no podía ser feliz sin desafíos.

–Dentro de un par de años, la persona que ocupe el cargo de diseñador de interiores tendrá su propio equipo y más responsabilidades de las que pueda imaginar –continuó él–. Como ve, tengo todo el derecho del mundo a preguntar por sus motivos y a esperar una respuesta satisfactoria. No me puedo arriesgar a que me deje en la estacada. Su vuelta al trabajo podría ser un capricho temporal.

Toni asintió de nuevo. La explicación de Steel le había parecido razonable.

–Puede estar seguro de que mi vuelta al trabajo no es un capricho temporal. He vuelto porque necesito dinero.

Él entrecerró los ojos.

–¿Y qué opina su marido? ¿Cómo va a cuidar de sus hijos, señorita George?

–Yo...

Toni no esperaba aquella pregunta. Los acontecimientos de los meses anteriores habían sido muy duros para ella, y no ardía precisamente en deseos de compartirlos con un desconocido. Pero respiró hondo y mantuvo la compostura.

–Mi marido falleció de repente y me dejó con muchas deudas. En cuanto al cuidado de mis hijos, no es un problema –aseguró–. Estamos viviendo en casa de mis padres. Mi madre se puede encargar de ellos.

Alguien llamó a la puerta. Era Maggie, que apareció con una bandeja con café y un bizcocho. Dejó la bandeja en la mesa y dijo:

–Te he preparado uno de mis bizcochos de frutas. Joy me comentó que te marchaste del despacho sin comer nada, y la cena no estará preparada hasta las ocho.

Steel se recostó en el sillón y dedicó una sonrisa radiante a su criada.

Toni sintió una punzada en el corazón. Steel era un hombre tremendamente atractivo cuando estaba serio; pero cuando sonreía, era dinamita pura. Su atractivo sexual aumentaba un mil por ciento.

–Gracias, Maggie. Aunque no corro el peligro de morirme de hambre –ironizó él.

–Puede que no, pero saltarse las comidas no es sano –declaró Maggie, con tono de reproche maternal.

Maggie se giró hacia Toni, la miró y sacudió su cabellera gris.

–Ah, estas jóvenes de hoy en día... estás tan delgada que seguro que comes como un pajarito. Anda, sírvete un poco de bizcocho con el café.

Toni decidió obedecer. Era lo más fácil.

Satisfecha, Maggie sonrió y se fue.

–¿Siempre la convencen con tanta facilidad? –susurró él.

Ella miró el plato con el bizcocho y se encogió de hombros.

–Volviendo al asunto de los niños –continuó Steel–, ¿cuántos tiene?

Toni supo que se había ruborizado cuando alcanzó el currículum que llevaba en el maletín. No había tenido tiempo de enviárselo. James la había llamado la noche anterior para decirle que había mencionado su nombre a Steel y que quería verla al día siguiente. Era una oportunidad demasiado buena para desaprovecharla.

–En el currículum están todos mis detalles personales, señor Landry.

Toni le acercó la carpeta, pero él la rechazó.

–Prefiero que me lo cuente usted misma –dijo.

–Está bien... tengo dos niñas gemelas.

–¿De cuántos años?

–Casi cuatro.

Toni dejó la carpeta en la mesita. Su voz se había suavizado perceptiblemente al pensar en Amelia y Daisy, pero la mirada de Steel se volvió más intensa.

–¿Y será capaz de trabajar de noche cuando sea necesario? Tenga en cuenta que este no es un empleo de ocho horas al día.

–Si tengo que trabajar de noche, trabajaré de noche por mucho que me disguste –declaró con sinceridad–. Mis hijas están en buenas manos. Es tan sencillo como eso.

Él la miró por encima de su taza de café.

–Solo tengo otra pregunta de carácter personal.

–Adelante.

–Ha dicho que su marido le dejó deudas. ¿Son importantes? ¿A cuánto ascienden?

Ella suspiró y respondió.

–A ochenta mil libras esterlinas.

Steel ni siquiera se inmutó. Toni pensó que ocho mil libras serían calderilla para él, pero para ella eran una pequeña fortuna.

–Mi marido había pedido varios préstamos –siguió hablando–. Casi todos estaban pagados cuando falleció, pero también había pedido a la familia, a los amigos e incluso a algunos compañeros de trabajo. Les contaba unas historias que...

Toni no pudo terminar la frase. Le dolía demasiado.

–¿Para qué quería el dinero? –preguntó Steel.

–Para jugar. Era ludópata.

–¿Y usted no lo sabía? –preguntó, sorprendido.

A Toni no le extrañó que le sorprendiera. Ni ella misma se lo podía creer. Había vivido cuatro años con Richard y no sabía nada de su adicción.

Todo su matrimonio había sido un torbellino. Se conocieron en la boda de uno de sus amigos y se casaron tres meses más tarde. Richard era un hombre tan encantador, apasionado y divertido que se enamoró locamente de él. Cuando empezó a tener las primeras dudas, ya se había quedado embarazada de las gemelas.

–No, no lo sabía –le confesó–. Pero estoy decidida a pagar hasta el último penique del dinero que pidió prestado.

–¿De cuántos acreedores estamos hablando?

–De muchos.

–¿Y ninguno de ellos está dispuesto a olvidar el asunto? A fin de cuentas, usted no era consciente de la adicción de tu esposo.

Ella alzó la barbilla, orgullosa.

–Algunos lo están –respondió ella–, pero no lo puedo permitir. Tarde lo que tarde, tendrán su dinero.

Steel la observó en silencio durante unos segundos. Después, se bebió el resto del café, lo dejó en el platito y preguntó:

–¿Incluso a costa del bienestar de sus hijas?

Ella le lanzó una mirada dura.

–Mis hijas siempre serán mi prioridad absoluta –

se defendió–. Siempre. Pero eso no significa que no deba asumir mis responsabilidades.

–¿Sus responsabilidades? ¿No será más bien una cuestión de orgullo?

–Richard robó a su familia y a sus amigos. No les robó en el sentido literal del término, pero lo hizo de todas formas. Mintió, engañó y probablemente seguiría mintiendo y engañando si no hubiera sufrido un infarto una mañana, cuando salió a correr. Una de sus tías, una anciana, le dio los ahorros de su vida. Ahora solo tiene lo suficiente para comer y para dar de comer a sus gatos –declaró, enfadada.

–Dudo que todos sus acreedores sean ancianos al borde de la indigencia –afirmó Steel, aparentemente inmune a su enfado.

–Y no lo son. Pero todos confiaron en mi difunto esposo, que los engañó a todos. Los traicionó –dijo ella.

–Como la traicionó a usted.

Toni parpadeó, desconcertada. Unos segundos antes, había considerado la posibilidad de levantarse y marcharse de allí. Ahora no sabía qué hacer. De repente, se encontraba al borde de las lágrimas.

–Venga, termínese el café y el bizcocho –dijo él con dulzura.

Tras un segundo de duda, ella obedeció.

Steel no dejó de mirarla. Tras la expresión serena de su rostro, sus pensamientos bullían con frenesí. No estaba acostumbrado a que lo desconcertaran. Cuando entró en la sala y vio a la joven del abrigo verde pistacho junto a la ventana, los sensores de su masculinidad se activaron ante su figura esbelta y su cascada de cabello castaño oscuro.

Toni George era una mujer extremadamente atractiva. No era guapa en el sentido clásico del término, pero muchas modelos habrían dado cualquier cosa por tener sus pómulos y poseer un eco de aquella belleza indefinible. Cuando se había quitado el abrigo y se lo había dado, Steel se excitó sin poder evitarlo y deseó que no estuviera casada.

Se dijo que debía tener cuidado. Toni era viuda y tenía dos hijas. Una relación con ella podía resultar catastrófica.

Sacudió la cabeza y se recordó que ella no estaba allí para tener una aventura con él, sino en una entrevista de trabajo. Además, Toni no encajaba en su mundo. No se parecía nada a las mujeres con las que salía.

Alcanzó la carpeta de la mesita, la abrió y leyó el contenido del currículum. Era de carácter casi estrictamente profesional, con muy pocos detalles personales.

Cuando terminó de leer, alzó la cabeza y preguntó:

—¿Cuánto tiempo ha pasado desde la muerte de su esposo?

Ella cambió de posición, nerviosa.

—Cuatro meses.

Steel asintió.

—¿Era feliz con él?

Toni se puso tensa. A Steel no le habría sorprendido que reaccionara mal y se negara a responder; a fin de cuentas, se estaba metiendo en asuntos que no le concernían. Pero ella respondió de todas formas, cabizbaja.

—No. No era feliz.

En la mente de Steel se encendió una luz roja. No debía seguir por ese camino. Sería mejor que se concentrara en las cuestiones profesionales.

Volvió a mirar el currículum y comentaron un par de aspectos. Los trabajos de Toni eran impresionantes, pero eso ya lo sabía; no le habría ofrecido una entrevista de trabajo si no lo hubiera sabido con anterioridad.

Para su sorpresa, Toni George cambió de actitud. Al hablar de su trabajo se transformó en una persona distinta, en una mujer entusiasta, intensa y atrevida que confiaba plenamente en sí misma. En una mujer que le pareció aún más bella que antes.

Faltaban pocos minutos para las seis y media de la tarde cuando él le preguntó si quería ver los planos y las fotografías del proyecto. Una hora después, Steel echó un vistazo al reloj y se llevó una sorpresa; no podía creer que el tiempo hubiera pasado tan deprisa.

–¿Tiene prisa por irse? –le preguntó–. No me había dado cuenta de que se hubiera hecho tan tarde...

Ella sacudió la cabeza.

–No, no tengo prisa. Pero si no le importa, me gustaría llamar por teléfono a casa. Las niñas se tienen que acostar dentro de poco.

Steel sonrió levemente. Había olvidado que aquella mujer de ojos enormes y cuerpo delicioso era la madre de dos hijas.

Señaló el teléfono, que estaba en una mesita de cristal y dijo:

–Adelante. Yo también tengo que llamar. Quiero interesarme por el estado de mi hermana.

–Puedo llamar con mi móvil...

Él se levantó del sillón.

–No es necesario –dijo–. Yo llamaré desde la línea de mi despacho.

Steel la dejó a solas y se preguntó qué diablos le ocurría. Toni George no significaba nada para él. Solo era una empleada en potencia. Y por si eso fuera poco, también era madre. Estaba muy lejos del tipo de mujeres que le gustaban; mujeres como Bárbara, dueña de su propio deportivo y de su propio piso, dueña de su propia vida.

Entró en el despacho y se acercó a la mesa, enorme. Mientras descolgaba el teléfono, se dio cuenta de que Toni ya no era una empleada en potencia. Le iba a dar el trabajo. De hecho, había tomado la decisión en cuanto entró en la sala y la vio por primera vez.

Volvió a sacudir la cabeza e intentó recapacitar. Nunca había sido un hombre impulsivo. Jamás tomaba una decisión de carácter profesional sin pensarlo una y mil veces. De haber sido impulsivo, no habría conseguido un imperio en menos de veinte años.

Frunció el ceño, se sentó y llamó a Jeff.

Unos minutos más tarde, cuando cortó la comunicación, su expresión se había suavizado considerablemente. Annie no estaba peor.

Se levantó del sillón, echó hacia atrás su anchos hombros y salió del despacho.

Toni George iba a ser una empleada. Una empleada como tantas. Solo eso.

Capítulo 2

CUANDO su madre se puso al teléfono, Toni pudo oír los chillidos de alegría y las risas de las niñas.

–¿Mamá? Soy yo... todavía sigo con la entrevista; voy a tardar un poco en volver. Solo he llamado para dar las buenas noches a las niñas. ¿Ya se están preparando para acostarse? –le preguntó.

Normalmente, las niñas se acostaban a las siete y media; pero si Toni no estaba en casa, tendían a acostarse más tarde y luego, al día siguiente, estaban cansadas.

–Sí, cariño. Ya se han bañado y se han puesto los pijamas –respondió Vivienne Otley.

Toni no quería mostrarse crítica, pero conocía a sus hijas y sabía que, si se entusiasmaban demasiado, tardarían un buen rato en calmarse.

–Mamá, habíamos acordado que no jugaríais con ellas ni les leeríais cuentos después de las siete...

–Bueno, ya conoces a tu padre –se defendió–. Él es el lobo feroz y tus hijas, dos de los cerditos. Y yo soy el tercer cerdito.

Toni contuvo un suspiro. Adoraba a sus padres y les estaba profundamente agradecida por haberlas ayudado a sus hijas y a ella cuando quedaron atrapadas en las deudas de su difunto esposo. Pero no quería que mimaran a las pequeñas.

–Anda, ponlas al teléfono –dijo con paciencia–. Yo me encargaré de que se vayan a la cama... mañana van a ir al safari park y estarán agotadas si se acuestan tarde.

Tal como Toni esperaba, Amelia fue la primera en ponerse al teléfono. Era la mayor, aunque solo fuera por unos minutos, y Daisy siempre estaba a su sombra.

–Hola, mamá –dijo alegremente la niña–. El abuelo está haciendo de lobo feroz y le ha pegado un bocado tan grande a una galleta que ha estado a punto de tragársela entera... hemos fingido que nos asustábamos, pero no estamos asustadas de verdad.

Toni sonrió.

–Hola, preciosa... Hoy no voy a llegar a tiempo de llevaros a la cama, de modo que os envío un gran beso y un abrazo. Pero tienes que prometerme que os acostaréis ahora mismo y que no le pediréis a vuestra abuela que os cuente más de un cuento. Mañana vais al safari park, ¿te acuerdas? Si estáis cansadas, os perderéis cosas muy interesantes.

El truco pareció funcionar.

–Está bien, mamá...

Amelia dejó el teléfono antes de que su madre se pudiera despedir. Y Daisy se puso casi de inmediato.

–Hola, mami. ¿Cuándo vuelves a casa?

–Muy pronto, cariño. Pero ahora os acostaréis y vuestra abuela os leerá un cuento. Ya sabes que mamá está en una entrevista de trabajo... Quiero que me prometas que seréis buenas y que os dormiréis enseguida.

–Te lo prometo –dijo Daisy–. Te quiero, mamá.

–Y yo te quiero a ti, preciosa.

Vivienne sustituyó a la pequeña al otro lado de la línea telefónica.

–Lo siento, hija –se disculpó–. Sinceramente, había olvidado lo de la excursión de mañana... se me había ido de la cabeza.

Toni se sintió culpable. Sus padres no tenían por qué recordar ese tipo de cosas; no eran los padres de las niñas, sino los abuelos. En lugar de disfrutar de la jubilación, se veían obligados a cuidar de ellas todo el día.

Los errores de Richard y sus propios errores los habían condenado a convertirse en niñeras a sus setenta y tantos años de edad. Toni sabía que estaban encantados de hacerlo, pero se sentía culpable de todas formas. Su tranquila existencia se había convertido en un caos. Incluso habían perdido la intimidad, porque la casa solo tenía dos dormitorios y ella se veía obligada a dormir en el sofá del salón.

Se despidió de su madre, colgó el teléfono y se apartó un mechón de la cara. Estaba mental y emocionalmente agotada, pero necesitaba aquel empleo. James le había asegurado que Steel pagaba excepcionalmente bien a sus empleados y que, a pesar de tener fama de duro, sus empleados estaban encantados con él. Los salarios altos y los beneficios que ofrecía compraban la lealtad de cualquiera.

Cuando Steel volvió, Toni se había sentado otra vez en el sillón y lo esperaba con fría compostura. Pero su compostura se desvaneció cuando él dijo:

–Maggie me acaba de informar de que hay comida suficiente para dos. Y como no hemos terminado la entrevista y tengo hambre, me ha parecido que podríamos matar dos pájaros de un tiro... Si no tiene ninguna objeción, la invito a cenar.

Toni se quedó tan sorprendida que tardó unos segundos en responder; pero naturalmente, no podía rechazar la oferta.

—Se lo agradezco mucho. Gracias.

—Maggie nos avisará cuando la cena esté preparada. Entre tanto, ¿le apetece tomar algo? –preguntó mientras caminaba hacia el mueble bar–. Yo suelo tomarme un cóctel a estas horas, si no tengo que conducir. Hay vino blanco, vino tinto, jerez, whisky, ginebra, martini y varios tipos de licores.

—Un cóctel estaría bien.

Toni se alegró de haber aceptado el bizcocho de Maggie. Su día había sido muy largo y no había comido nada desde el desayuno, pero el bizcocho impediría que el alcohol se le subiera a la cabeza.

Observó a Steel mientras preparaba los cócteles. Cuando terminó y los llevó a la mesita, preguntó:

—¿Qué es?

—Una mula de Moscú –respondió Steel.

Él sonrió y ella echó un trago. Estaba delicioso.

—A pesar de su nombre –continuó Steel–, se inventó en Hollywood, en 1940, en un local que se llamaba Sunset Strip.

Steel se sentó enfrente de Toni, se quitó la corbata y se desabrochó los dos botones superiores de la camisa. A continuación, cruzó las piernas y se recostó en el respaldo.

Toni no supo por qué, pero se sintió profundamente atraída por él. Era el hombre más masculinamente intenso que había conocido en su vida. Y su voz, profunda y ronca, aumentaba su energía sexual.

–Sabe muy bien –acertó a decir–. ¿Qué lleva?

–Vodka ruso, zumo de lima y cerveza de jengibre. Por lo visto, un distribuidor de bebidas alcohólicas tenía problemas para conseguir que los estadounidenses se aficionaran a una marca concreta de vodka ruso, de modo que se asoció con un barman que vendía cerveza de jengibre. Fue todo un éxito empresarial. Lo llamaron así porque la impresión inicial es como la coz de una mula.

A Toni no le extrañó que Steel Landry se mostrara tan entusiasta con la historia del cóctel; era evidente que apreciaba la iniciativa y el talento. Se preguntó si sería consciente de lo mucho que intimidaba y pensó que, probablemente, la respuesta sería afirmativa. Ese truco le sería de gran ayuda en los negocios.

–¿Las niñas están bien?

Toni no esperaba que se interesara por sus hijas, pero contestó sin dejar de mirarlo a los ojos.

–Sí, están bien.

–Entonces, se podría relajar un poco...

–¿Cómo? –dijo, perpleja–. Estoy absolutamente relajada.

–¿Absolutamente relajada? Disculpe que se lo diga, pero está tan tensa como una cuerda de arco –ironizó–. Tranquilícese. No tengo ninguna intención de seducirla durante los cócteles y la cena.

–Ni yo he pensado que quisiera seducirme –declaró ella.

Él entrecerró los ojos.

–Si eso es cierto, ¿por qué está tan tensa?

Ella se encogió de hombros. No quería confesar que estaba desesperada por conseguir el empleo. Si Steel Landry la contrataba, sería el fin de sus problemas. Si no la contrataba, no tendría más remedio que aceptar encargos temporales o buscarse otro trabajo por mucho menos dinero.

Tenía que salir del agujero donde había estado durante los cuatro años anteriores. Tenía que recuperar su vida profesional.

Toni no se arrepentía de haber dejado el diseño para cuidar de sus hijas. Richard era ejecutivo de una gran empresa farmacéutica y, en principio, su sueldo era más que suficiente para vivir con comodidad. Pero al final resultó que dejar de trabajar había sido un error. Su difunto esposo llevaba una doble vida; se había cargado de deudas y había puesto en peligro el bienestar de la familia.

–¿Señorita George? Le he hecho una pregunta...

La voz de Steel interrumpió los pensamientos de Toni, que parpadeó.

–Es que... llevaba tanto tiempo sin presentarme a una entrevista de trabajo que me incomoda más de lo normal. He perdido la costumbre.

Él sacudió la cabeza.

–No se preocupe por eso –dijo Steel–. Ha estado muy bien.

Toni no supo cómo tomarse el comentario. De hecho, no sabía cómo tomarse nada de lo relacionado con aquel hombre. Cuando James la llamó para hablarle de Steel y de su oferta de empleo, Toni investigó un poco por Internet. Lo que averiguó de él, la puso más nerviosa. Decían que era un hombre lleno de energía, duro pero justo; un hombre que podía llegar a ser implacable cuando quería algo.

–Tómese el cóctel y deje de dar vueltas al asunto –continuó Steel con suavidad–. Si quiere el trabajo, es suyo.

Toni lo miró con asombro.

–¿En serio? Oh, Dios mío... gracias, muchísimas gracias.

–¿Eso significa que acepta?

–Por supuesto que sí, señor Landry.

–Excelente. En tal caso, será mejor que empecemos a tutearnos. Me llamo Steel.

–Pero...

–¿Pero qué?

–Usted es mi jefe. No lo puedo tutear... –dijo, nerviosa.

Él la miró con humor.

–¿Llamabas de usted a James?

–No, pero...

–¿Pero? –la presionó.

–Eso es diferente.

–¿Por qué? James era tu jefe.

Toni se sintió atrapada. No podía responder que la situación era distinta porque James no era ni el dueño de un imperio empresarial ni un hombre sencillamente impresionante.

–Sí, pero el ambiente en la empresa de James era bastante informal, por así decirlo –se justificó ella.

Steel asintió.

–Los empleados que trabajan directamente para mí disfrutan de ese mismo privilegio, Toni. Mi secretaria y mi director financiero, por ejemplo, me tutean. Además, este es un proyecto nuevo y vamos a trabajar codo con codo, de modo que nos resultará más fácil si nos dejamos de formalidades. Steel y Toni es lo más adecuado.

Toni estuvo a punto de llevarle la contraria, pero habría sido absurdo. Se conocía lo suficiente como para saber que solo sentía la necesidad de discutírselo porque la había sorprendido con la oferta.

—Tienes razón —dijo al fin—. Muchas gracias, Steel. Te prometo que no te arrepentirás de haberme ofrecido el trabajo.

—Créeme, Toni. Si tuviera alguna duda al respecto, no te lo habría ofrecido.

Toni le creyó. Y paradójicamente, su confianza en ella la animó y la asustó a la vez. La animó porque los meses anteriores habían sido tan duros, tan difíciles, que había empezado a dudar de sí misma. La asustó porque la confianza de Steel Landry añadía más presión a la responsabilidad que iba a adquirir.

Alzó la barbilla y le lanzó una mirada que pretendía demostrar seguridad.

—¿Cuándo quieres que empiece?

—Discutiremos los detalles durante la cena. Incluido el salario, por supuesto.

Toni se ruborizó. Había aceptado el trabajo sin saber cuánto le iba a pagar. Pero mantuvo el aplomo y hasta logró hablar con un fondo de ironía:

—Siempre he pensado que en este mundo se obtiene lo que se está dispuesto a pagar.

Steel la miró con interés.

—¿Tú crees? —preguntó—. Entonces, espero que tu sueldo sirva para comprar todo lo que necesito de ti, Toni.

Capítulo 3

TONI se sintió enormemente aliviada cuando Maggie llamó a la puerta para anunciar que la cena estaba preparada.

Las palabras de Steel todavía resonaban en su mente. No estaba segura de que tuvieran segundas intenciones, pero ella las interpretó como si las tuvieran. Y cuando él se levantó y le puso una mano en la espalda para llevarla fuera de la habitación, Toni sintió que sus mejillas ardían de rubor.

Pensaba que cenarían en alguno de los salones, así que se llevó una gran sorpresa cuando se encontró en la terraza del ático, cuyas vistas eran sencillamente espectaculares. La terraza estaba decorada como si fuera una continuación del piso, con muebles de diseño y multitud de plantas de exterior que daban al lugar un ambiente mediterráneo. La balaustrada, de cristal, contribuía a aumentar la serenidad del ambiente y mejoraba la vista del barrio de Kensington.

–Esto es precioso –dijo lentamente–. Absolutamente precioso... ¿quién lo ha diseñado?

Él sonrió.

–Yo.

–¿Tú?

La sorpresa de Toni no implicaba exactamente

un cumplido, pero por suerte para ella, Steel respondió con humor.

–Aunque me dedique a los negocios inmobiliarios, soy tan capaz de apreciar la belleza como cualquier otro –afirmó.

Él se acercó a la mesa y le ofreció una silla, que Toni aceptó.

–No lo dudo, pero hay algo que no entiendo –dijo ella.

–¿Qué?

–Sí puedes diseñar con tan buen gusto, ¿por qué quieres encargarme tu nuevo proyecto? Podrías hacerlo tú mismo.

Él tardó unos segundos en responder. Se acercó a la cubitera y abrió la botella de champán que Maggie había puesto a enfriar. Mientras la abría, Toni admiró la cubertería de plata y el jarrón con lilas que decoraba la mesa.

–He pensado que la ocasión merecía una botella de champán –dijo Steel al fin, haciendo caso omiso de su pregunta–. Quiero que brindemos por una larga y feliz relación profesional.

–Gracias...

Hasta ese momento, Toni estaba convencida de que no le gustaba el champán. Pero cuando se llevó la copa a los labios y lo probó, comprendió que había champanes y champanes. Aquel era una maravilla. No se parecía a ninguno de los que había probado con anterioridad. Era algo delicioso que le hizo soñar con días de verano y noches eternas.

–En cuanto a tu pregunta, esta terraza es mi única contribución al diseño de interiores –declaró Steel–. Quedó bien porque sabía exactamente lo

que quería... y aun así, me costó dos meses de pla-
nificación.

–Y mucho dinero, porque es evidente que te gas-
taste una fortuna –observó ella–. ¿Quieres que llegue tan lejos con el proyecto?

–Si es necesario, por supuesto.

Steel se sentó frente a ella. Toni estaba contem-
plando las vistas del viejo Londres cuando él se inclinó ligeramente hacia delante y habló con intensidad.

–Es importante que la primera fase asombre a
todo el mundo. Además, el precio no es un problema... los compradores se lo pueden permitir. Quiero
que cada piso sea distinto a los demás, que tenga un
espíritu propio. Quiero que sean únicos. Y para
conseguirlo, quiero que juegues con todos los dise-
ños y las ideas que se te ocurran. No lo conseguirás
si no disfrutas con el trabajo.

A pesar del entusiasmo de sus palabras, los ojos
de Steel no mostraron ninguna emoción. Toni pensó que eran como conchas en una playa batida por
el viento y por las olas, que las limpiaban y aclara-
ban constantemente y a veces dejaban al descubier-
to una perla en su interior.

Nunca había visto unos ojos como los suyos.

Sin pararse a pensar, formuló la pregunta que
había estado en su cabeza desde que Steel había
vuelto al salón del piso.

–¿Cómo está tu hermana?

Él echó un trago de champán.

–Es pronto para estar seguros, pero Jeff, su esposo, me ha comentado que el niño y ella están fuera de
peligro –contestó–. Desgraciadamente para Annie,

los médicos le han ordenado que guarde reposo absoluto.

–¿Desgraciadamente?

–Sí, Annie es muy inquieta. Si está dos minutos sin hacer nada, se pone nerviosa.

Ella sonrió.

–¿Cuántos meses le quedan para el parto?

Steel lo pensó un momento.

–No estoy seguro –admitió–. Supongo que eso no habla precisamente bien del tío de la criatura, ¿verdad? Creo que dos o tres meses...

–Tengo una amiga que sufrió una situación parecida hace un par de años. Los médicos también le ordenaron que guardara reposo absoluto –comentó ella–. Tuvo el niño antes de tiempo, pero es el bebé más maravilloso que he visto en toda mi vida... dile a tu hermana que tenga paciencia y que aguante.

Steel asintió. La actitud de Toni le había gustado. No se había limitado a decir que las cosas saldrían bien o que la medicina había avanzado tanto que podía hacer milagros. De hecho, Toni George no había dicho nada hasta entonces que no le gustara.

Contempló la suave curva de sus labios y se preguntó qué se sentiría al besarla.

Fue un pensamiento casi inocente, pero provocó un acceso de deseo que lo excitó al instante. Asombrado por la reacción de su cuerpo, apartó la mirada. Él siempre había sido un hombre frío, racional, capaz de controlar sus emociones. Dirigía su vida amorosa del mismo modo que sus negocios, con el distanciamiento necesario y un rígido código de valores entre los que destacaba uno: no mezclar los negocios con el placer.

A lo largo de los años, había visto a muchos amigos que olvidaban esa norma y terminaban envueltos en situaciones embarazosas. Steel estaba sobre aviso; era perfectamente consciente de los peligros que implicaba. Y no obstante, la había invitado a cenar en su propia casa.

Era absolutamente ilógico. Se había metido en una trampa sin ayuda de nadie.

Le molestó tanto que miró a Toni con irritación, aunque no estaba enfadado con ella. Estaba enfadado consigo mismo.

–Lo siento –dijo Toni, malinterpretando su mirada–. Me he excedido al decir lo que tu hermana tiene que hacer... no es asunto mío.

Steel sonrió.

–No, no te has excedido. De hecho, agradezco tu preocupación –dijo con frialdad, calculando las palabras–. Pero volviendo a los negocios, ¿cuándo puedes empezar?

–Cuando quieras.

–¿Te parece bien el lunes por la mañana? Así tendrás el resto de la semana para organizar tus cosas.

–Me parece perfecto; aunque, sinceramente, no hay mucho que organizar... como dije hace un rato, mis padres me echan una mano en el cuidado de Amelia y Daisy. ¿Qué horario de trabajo voy a tener?

Amelia y Daisy. Steel se preguntó si serían dos versiones en miniatura de su madre. Y tuvo que resistirse al impulso de preguntarle si tenía alguna fotografía de las pequeñas.

–Bueno, ya sabes que este tipo de trabajos no se

atiene a lo que la gente entiende por horarios normales –respondió–. Espero que mis empleados se esfuercen al máximo y que cumplan con sus obligaciones, pero el horario es lo de menos; puede ser tan flexible como el trabajo permita. Por ponerte un ejemplo, tengo varios empleados con hijos... siempre están a expensas de las guarderías y de los colegios, pero eso no es un problema.

Por la mirada de Toni, Steel supo que no esperaba que fuera tan razonable. Se alegró de haberla sorprendido positivamente, pero también lamentó que lo hubiera tomado por una especie de esclavista.

–Algunas veces podrás trabajar en casa y otras, tendrás que estar en el despacho o visitando los lugares donde se ejecuten los proyectos –siguió hablando–. Pero cuando sea preciso, el trabajo tendrá que ser tu prioridad absoluta, por encima de ninguna otra consideración... salvo cuestiones de vida o muerte, por supuesto.

Ella asintió.

–Por supuesto.

–James me dijo lo que te pagaba cuando trabajabas para él. Era muy generoso. Es evidente que te tenía en muy alta estima.

Steel se detuvo un momento y le propuso una cifra. Exactamente el doble de lo que James le había pagado.

Toni se ruborizó, asombrada.

–Yo... no sé qué decir...

Se preguntó si Steel le había ofrecido tanto dinero porque ella le había hablado de sus dificultades económicas. Pero fuera como fuera, carecía de importancia. Con un sueldo tan elevado, tendría más

que de sobra para asegurar el futuro de sus hijas y
de sus padres y para pagar las deudas contraídas por
su difunto esposo.

–Gracias –dijo–. Muchísimas gracias.

–No me des las gracias con tanto entusiasmo,
Toni. Soy un jefe muy duro. Puedes estar segura de
que tendrás que ganarte hasta el último penique.

Ella habló con toda sinceridad.

–Haré lo que sea necesario. Me dejaré la piel por
usted, señor Landry. Se lo prometo.

Steel sintió otro acceso de deseo. Tuvo que hacer un esfuerzo por mantener el aplomo y hablar
con naturalidad.

–En el suelo, están incluidos un seguro privado
para ti y para tus hijas y un vehículo que estará a tu
entera disposición cuando lo necesites. ¿Tienes coche propio?

Toni sacudió la cabeza.

–No.

–Ah, otra cosa...

–¿Sí?

–Creía que habíamos avanzado algo con lo de
tutearnos. No me llames «señor Landry», por favor
–protestó.

–No, no, claro que no. Discúlpame –dijo, nerviosa.

Steel admiró su cuerpo sin poder evitarlo.

–Quiero que suspendas los planes que tengas
para el resto de la semana y que aproveches el tiempo para familiarizarte con el proyecto en el que vas
a trabajar. Así estarás preparada el lunes que viene.
Mañana por la mañana, mi secretaria te enviará una
oferta por escrito y todo el papeleo.

Toni volvió a asentir.

En ese momento apareció Maggie, que puso un plato delante de ella.

–Gracias.

–De nada. Espero que te gusten los espárragos, jovencita.

–Me encantan. Además, tienen un aspecto delicioso...

Al contemplar los espárragos y la salsa que Maggie había preparado, Toni se sintió súbitamente hambrienta.

Maggie ya se había marchado cuando Toni preguntó, con humor:

–¿Vives para comer? ¿O comes para vivir?

Toni se quedó helada. Sabía que Steel no lo había dicho con intención crítica, pero por algún motivo, se sintió insegura y pensó que se refería a su aspecto. Había tenido que estrechar la cintura de la falda porque ya no le quedaba bien. Y la blusa de seda tampoco le quedaba tan ajustada como el año anterior. Había perdido peso durante los últimos meses, muy duros para ella.

Tomó un poco de champán y lo miró.

–Adoro la comida, así que supongo que vivo para comer... –respondió.

Steel le dedicó una sonrisa.

–Igual que yo –dijo.

Toni sintió un deseo sexual tan fuerte que estuvo a punto de derramar el contenido de la copa. Horrorizada, cruzó los dedos para que Steel no se hubiera dado cuenta. Había sido por culpa de aquella sonrisa, que potenciaba enormemente la belleza de su rostro y de sus ojos de color azul plateado.

Pero por muy atractivo que fuera, Steel era su jefe. Y ella estaba en su mundo. En un mundo refinado, donde un hombre y una mujer podían comer, beber y charlar como colegas sin que las cosas llegaran más lejos.

Además, no quería mantener otra relación amorosa. Quería concentrarse en sus hijas, pagar su montaña de deudas y volver a vivir. No tenía tiempo para nadie más. Y por otra parte, era muy dudoso que Steel Landry se sintiera atraído por una viuda con dos niñas pequeñas.

La conversación derivó hacia asuntos intrascendentes. Toni descubrió que Steel era un hombre extremadamente divertido, capaz de convertir cualquier cosa en algo gracioso. Mientras disfrutaba la carne con chile y jengibre que Maggie había preparado como segundo plato, Toni pensó que su nuevo jefe lo tenía todo.

Tenía atractivo, riqueza y personalidad. Era tan interesante que las mujeres se debían de desmayar a su paso. Era tan imponente que sus parejas debían de ser mujeres muy seguras de sí mismas.

El postre consistió en una tarta de chocolate con una salsa de frambuesa que lo complementaba a la perfección. Al final de la cena, Toni estaba llena y más que relajada. Pero solo hasta cierto punto. Steel no era de la clase de hombres con los que una mujer se podía relajar. Era demasiado intenso, demasiado perturbador.

Maggie se despidió de ellos y marchó a casa tras servirles el café.

–¿Desde cuándo trabaja para ti? –preguntó Toni–. Es una gran cocinera.

Steel asintió.

–Lleva muchos años conmigo. Viene casi todas las tardes. Arregla el piso y me prepara la cena si no tengo intención de salir. Su marido falleció poco después de que empezara a trabajar para mí... le dejó dinero suficiente, pero prefiere mantenerse ocupada. Por la mañana cuida de uno de sus nietos, de modo que el horario le viene bien.

Toni pensó en la actitud maternal de Maggie.

–Le gusta que la necesiten...

El comentario pareció sorprender a Steel.

–¿Tú crees?

Tras pensarlo durante unos momentos, añadió:

–Sí, creo que tienes razón. No me lo había planteado hasta este momento, pero yo diría que es verdad. Era feliz con su esposo. Supongo que su fallecimiento fue muy duro para ella; especialmente, porque el pobre hombre murió tras una enfermedad larga y dolorosa... Maggie es una gran persona.

Toni pensó que, además de ser una gran persona, también era absolutamente leal a su jefe. Por lo que había visto, lo adoraba. Y esa adoración no encajaba con la fama de hombre duro, distante y cínico de Steel.

Alcanzó su taza de café y echó un último trago.

–Gracias por la cena y por la conversación. Me he divertido mucho.

–No hay de qué –dijo él con una sonrisa–. Parece que hemos avanzado un poco... he conseguido que te relajes.

Toni rio. Steel clavó la mirada en su boca.

–Así está mejor –susurró él–, pero no te vuelvas a poner tensa conmigo. Si te parece bien, echaremos un vistazo a los planos del proyecto y pediré un taxi por teléfono para que te lleve a casa.

–No es necesario –dijo ella con rapidez–. He venido en Metro y puedo irme en...

–En taxi –la interrumpió–. Conmigo.

Toni se quedó helada.

–No te molestes –insistió–. Tengo mi billete y...

–No puedo permitir que vuelvas sola a tu casa –la interrumpió otra vez–. Me siento responsable de ti.

–Tú no eres responsable de mí.

–¿Ah, no? Has venido a mi casa porque yo te lo pedí y te has quedado a cenar por el mismo motivo –le recordó–. Llevarte en taxi es lo menos que puedo hacer. Ya son las once de la noche... falta poco para que Londres se llene de espectros y brujas.

Ella sonrió.

–En serio, Steel, no es necesario.

–Por supuesto que lo es –dijo con determinación.

–Bueno, si te empeñas...

Los dos se levantaron de la mesa. Steel le enseñó los planos del proyecto y, quince minutos más tarde, se encontraron en el interior de un taxi.

Toni, tensa de nuevo, llevaba su carpeta apretada contra el pecho. Steel, que ocupaba casi dos tercios del asiento, había estirado las piernas y se mostraba completamente relajado, como si estuviera en casa.

Ella intentó no mirarlo. Lo intentó con todas sus fuerzas.

Y fracasó.

Era ferozmente consciente de la sombra de su

barba, que acentuaba su masculinidad, y de su gran tamaño. Los duros músculos de sus hombros, muy anchos, imponían tanto como su altura. Pero por mucho que le gustaran, Toni no se sentía atraída por ninguna de sus características físicas en concreto, sino por su efecto general. Resultaba maravillosamente viril. Increíblemente bello. Definitivamente aterrador.

Sin embargo, se dijo que no tenía ninguna oportunidad con él. Era evidente que Steel estaría acostumbrado a mujeres refinadas, de mundo. Y ella no era ni refinada ni de mundo. Aunque tenía sangre en las venas y sentía las mismas necesidades que cualquier otra mujer, toda su experiencia sexual se reducía a su matrimonio con Richard.

Cuando se casó con él, Toni era poco más que una adolescente asustada. Por suerte, Richard se mostró comprensivo y dispuesto a esperar.

Su difunto esposo fue tan encantador con ella que Toni tardó mucho en comprender que se había casado con un hombre terriblemente débil. Más tarde, cuando la pasión desapareció y se convirtió en afecto, se dio cuenta de que siempre tendría que ser el pilar de su relación, la persona fuerte, la persona que se hacía cargo de la familia y que tomaba todas las decisiones importantes.

Pero aún no sabía nada de la adicción de Richard al juego. Eso lo supo después. Y cuando lo supo, también comprendió que Richard se lo había logrado ocultar porque era más inteligente y más fuerte de lo que había imaginado.

Un sonido interrumpió sus pensamientos. Era el sonido de la voz de Steel.

Se giró hacia él y vio que la estaba observando con aquellos ojos de acero y cristal.

–¿Qué decías? –preguntó.

–Nada, carece de importancia –respondió él, sin dejar de mirarla fijamente–. ¿En qué estabas pensando?

Toni no quería hablar de su esposo, pero tampoco quería mentir. Decidió contarle parte de la verdad.

–Pensaba que la vida de la gente puede cambiar mucho en muy poco tiempo. Esta tarde, cuando vine a verte, mi futuro se me presentaba difícil, lleno de problemas... y ahora, me siento como si hubiera vuelto a nacer.

–Comprendo.

–Richard nos dejó en una situación muy complicada. Tardé bastante en darme cuenta de que, a pesar de haber vivido con él durante cuatro años, nunca llegué a conocerlo. Pero eso es agua pasada. El futuro es lo que importa. El futuro de mis hijas y de mí misma.

–¿Qué habrías hecho si no te hubiera ofrecido el trabajo?

Ella se encogió de hombros.

–Sacar fuerzas de flaqueza y probar otra cosa.

–Tienes el espíritu de una leona...

–No, solo tengo el espíritu de una madre decidida a sacar adelante a sus hijos. Cueste lo que cueste.

–Una madre –dijo él, acariciando sus pechos con la mirada–. Verte como madre me resulta difícil... No me malinterpretes. Estoy seguro de que eres una madre excelente, pero pareces tan joven, tan intacta...

–Las apariencias engañan.

Steel la miraba de una forma tan intensa que Toni tuvo miedo y se sintió obligada a añadir, para marcar las distancias:

–Soy una madre de los pies a la cabeza. Amelia y Daisy son las únicas personas que me importan en este momento, y eso va a seguir así. No necesitamos a nadie más.

–Tus padres se alegrarán mucho al saberlo –ironizó él, arqueando una ceja.

–No, no, yo no insinuaba que... no quería decir que...

–Descuida. Sé que lo que querías decir, Toni –dijo con suavidad–. Que tienes intención de dedicarte íntegramente a tus hijas y tu trabajo, ¿verdad?

Ella asintió.

–¿Y no crees que ese tipo de vida puede resultar aburrida al cabo de cierto tiempo? –continuó Steel.

Toni pensó en los cuatro años de su matrimonio. Habían sido cuatro años difíciles. Richard trabajaba todo el día y, cuando volvía a casa, estaba tan cansado que no tenía tiempo ni para las niñas ni para ella.

Toni sabía que su relación era una mentira, pero apretó los dientes y se concentró en las tareas de la casa y en sus obligaciones como esposa. Se convenció de que lo hacía por el bienestar de la familia. Se convenció de que hacía lo correcto.

Había sido una estúpida. Y no volvería a cometer el mismo error.

–Mientras que Amelia y Daisy estén bien y gocen de buena salud, el aburrimiento no me preocupa –afirmó.

En ese momento, llegaron a la casa de sus padres. A pesar de la oscuridad, se notaba que las casas de la zona eran muy pequeñas.

Toni sintió vergüenza y se maldijo a sí misma en silencio. La casa era perfecta para sus padres, que estaban jubilados y no necesitaban nada más. Si resultaba pequeña, era simplemente porque ahora vivían con su hija y con sus nietos.

—Gracias por traerme, señor Steel.

Él arqueó una ceja.

—¿Señor Steel? ¿Todavía estamos con esas?

—Oh, lo siento —sonrió—. Te veré el lunes por la mañana. Y te llevaré unas cuantas ideas y precios para el proyecto.

Él salió del taxi, dio la vuelta al vehículo y le abrió la portezuela. Ella salió.

—Buenas noches, Toni. Estoy seguro de que demostrarás ser una gran inversión para mi negocio. Bienvenida al equipo.

—Gracias —repitió.

Steel le estrechó la mano. Su contacto, cálido y firme, la estremeció y la asustó tanto que pensó que no quería aquel trabajo, que no lo necesitaba, que no sería capaz de trabajar codo a codo con aquel hombre.

Sin embargo, refrenó sus temores. Steel se había portado en todo momento como un caballero. No tenía ninguna queja de él.

—Buenas noches —dijo Steel otra vez—. Que duermas bien.

Toni tardó unos segundos en darse cuenta de que su jefe le había soltado la mano y de que estaba esperando a que se marchara.

Ella se ruborizó, se despidió de nuevo y caminó hacia la entrada de la casa. Estaba tan nerviosa que, cuando quiso meter la llave en la cerradura, le faltó poco para que se cayera al suelo.

Por fin, abrió la puerta. Después, se giró y vio que Steel habría regresado al taxi y estaba esperando a que ella entrara en la casa.

Lo saludó con la mano y desapareció en el interior.

Pasaron uno o dos minutos antes de que recobrara el aliento. La casa estaba en silencio; era obvio que sus padres se habían acostado, aunque habían dejado encendidas las luces del vestíbulo.

Se dirigió al salón, dejó la carpeta en la mesa y abrió la puerta doble que daba al pequeño jardín. Originalmente había sido un simple patio trasero con un cuarto de baño auxiliar, pero sus padres lo habían llenado de plantas y ahora resultaba mucho más acogedor.

Se sentó en una de las sillas de hierro forjado, apoyó los codos en la mesa y se frotó el cuello, que le dolía.

El perfume de las lilas y de los geranios llenó sus sentidos. Poco a poco, se relajó. Cerró los ojos durante unos segundos y, cuando por fin los abrió, alzó la cabeza y contempló la miríada de estrellas que brillaban en el cielo.

Se preguntó por qué se sentía tan atraída por Steel Landry. No era típico de ella. Siempre había sido una mujer con los pies en la tierra, poco dada a ensoñaciones. Sin embargo, supuso que parte de ello se debía al hecho de que su vida había cambiado radicalmente. Unas horas antes, se enfrentaba a un panorama desolador. Ahora, gracias a él, podría pagar sus deudas y salir adelante; hasta podría comprarse una casa en un par de años.

Cruzó los brazos y sonrió.

Todo iba a salir bien. Volvía a ser una mujer libre.

Y en cuanto a Steel, se dijo que estaba exagerando. A fin de cuentas, nunca había estado con un hombre tan carismático y tan rico.

Además, no había pasado nada. Por suerte para ella, Steel no podía leer los pensamientos de los demás.

Cuando el taxi arrancó, Steel pensó que había cometido un error al contratar a Toni George. Si hubiera sido inteligente, la habría rechazado para el empleo con educación y se la habría quitado de encima. Lo último que necesitaba y lo último que quería era sentirse atraído por una mujer que trabajaba para él. Por una mujer que, para empeorar la situación, era una viuda con dos niñas pequeñas.

Se recostó en el asiento del vehículo y se intentó relajar.

Era preciosa, era inteligente y tenía carácter. Pero el mundo estaba lleno de mujeres preciosas, inteligentes y con carácter.

Lamentablemente para él, Toni le parecía distinta a todas las demás. De hecho, la deseaba más de lo que había deseado a nadie. Cuando había entrado en el salón de su ático y la había visto junto al ventanal por primera vez, se había estremecido de los pies a la cabeza.

Giró la cabeza hacia la ventanilla y contempló las calles de Londres. El negocio era el negocio. Podía haber contratado a cualquier otro diseñador de interiores. La ciudad estaba llena de profesionales con talento. Pero había contratado a Toni George a pesar de saber que podía llegar a ser un problema.

Sacudió la cabeza y se dijo que estaba exagerando las cosas. Era un hombre de treinta y ocho años de edad, no un adolescente dominado por sus pasiones. Había contratado a Toni George porque era la mejor para el puesto.

Cuando llegó al ático, entró en el dormitorio, se desnudó y se duchó. A continuación, se enrolló una toalla a la cintura y se dirigió a la cocina, donde se sirvió un café solo, bien cargado.

Como no tenía sueño, pensó en trabajar un poco. Jeff le había prometido que lo llamaría por teléfono si se producía algún cambio en el estado de Annie, y estaba demasiado tenso para poder dormir.

Se quitó la toalla, se puso una bata y alcanzó su maletín.

No quería pensar en Toni George; no volvería a pensar en ella. Él era un hombre independiente. Y no toleraría que nada ni nadie amenazara su independencia.

Capítulo 4

TONI giró delante de sus hijas y dijo:

–Bueno, ¿qué os parece el aspecto de mamá? ¿Pulcro y eficaz?

–¿Qué significa eficaz? –preguntó Daisy con expresión preocupada.

–Una persona es eficaz cuando hace las cosas bien.

Los grandes ojos marrones de Amelia examinaron el traje gris y la camisa blanca de su madre antes de asentir.

–Pareces bastante eficaz –declaró.

–Y guapa. Muy guapa –añadió Daisy.

–Gracias...

Toni se arrodilló delante de las niñas y las abrazó con fuerza antes de asegurarse el moño. Tenía el pelo tan fuerte que se le soltaba.

–La abuela os llevará al colegio y mamá se irá a trabajar –continuó–. Pero os prometo que mañana os llevaré yo. ¿De acuerdo?

Las dos niñas asintieron.

Aunque eran idénticas, sus escasas diferencias se volvían más acusadas con el tiempo. Amelia era más alta y más fuerte que Daisy, quien a su vez tenía el cabello ligeramente más claro que el de Amelia.

Pero, por lo demás, sus caritas eran tan iguales como dos guisantes.

Toni se levantó. Odiaba tener que irse, pero sus hijas estaban tan contentas. Llevaban varios meses en el parvulario, preparándose para el primer curso del colegio, que empezaría en septiembre. Para entonces, ya tendrían cuatro años. Los cumplían a finales de julio.

Mientras las miraba, pensó que era una suerte que Richard se hubiera mantenido tan alejado de ellas. Como siempre estaba fuera y siempre volvía cansado y sin tiempo para las niñas, su muerte no les había afectado mucho. Durante los dos meses anteriores, apenas lo habían mencionado un par de veces.

Vivienne apareció en el salón y se dirigió a su hija con entusiasmo. La conocía muy bien y sabía lo que sentía.

–Tienes un aspecto muy profesional, hija. Pero, ¿por qué te has molestado en quitar las sábanas del sofá? Lo habría hecho yo más tarde...

–No me cuesta nada.

Toni siempre arreglaba el sofá cuando se despertaba. Quería que el salón estuviera perfecto antes de que aparecieran sus padres. Por desgracia, su éxito con las niñas era más bien dudoso; hiciera lo que hiciera, sus juguetes y sus cosas terminaban desparramados por todas partes.

–Gracias por todo, mamá –continuó Toni–. No sé qué habría hecho durante estos meses sin papá y sin ti.

–Oh, vamos, no exageres. Habrías salido adelante.

A Vivienne nunca le había gustado que le dieran

las gracias; pero su voz sonó dulce, tierna. Sabía que su hija había sufrido mucho y que su trabajo nuevo era esencial para que recobrara la confianza en sí misma.

Por motivos evidentes, Vivienne no le había contado a nadie el alivio que sintió cuando le informaron de que Richard había muerto. Si no hubiera fallecido, Toni era tan conservadora que habría sido capaz de seguir con él toda la vida.

–Deséame suerte, mamá.

Vivienne sonrió y abrazó a su hija.

–No necesitas suerte. Limítate a ser tú misma y bastará. James afirma que eres la mejor diseñadora de interiores que ha trabajado para él... y es obvio que causaste una buena impresión a ese Landry porque, de lo contrario, no te habría contratado.

Toni se repitió las palabras de su madre, como si fueran un mantra, mientras se dirigía a la sede de la empresa, situada al norte de Edmonton.

La semana anterior, la secretaria de Steel le había enviado una carta con toda la documentación necesaria para formalizar el contrato. A todos los efectos, ya era empleada de Laundry Entrerprises. Y cuando entró en el gigantesco vestíbulo del edificio, la recepcionista la envió directamente al último piso.

Al salir del ascensor, se acercó a la puerta de Joy MacLean, la secretaria de Steel, y llamó.

No contestó nadie, de modo que abrió la puerta con timidez y echó un vistazo al interior. El despacho estaba vacío. Por lo visto, MacLean no había llegado todavía.

Toni echó un vistazo al reloj. Eran las ocho y veinte.

Sabía que se había presentado antes de tiempo, pero quería llegar pronto para adelantarse a su jefe.

Entró en el despacho de la secretaria y miró a su alrededor. Era una sala grande y lujosa, con una vista panorámica de Londres.

Un segundo después, oyó una voz profunda que la estremeció.

—Buenos días, Toni.

Toni se giró, sorprendida. Steel estaba apoyado en el marco de una puerta que, evidentemente, daba a su despacho personal. Tenía las manos en los bolsillos de los pantalones. Llevaba una camisa azul, remangada, y se había aflojado la corbata.

Estaba tan impresionante como de costumbre.

—Buenos días, Steel.

—Joy no suele llegar antes de las nueve —explicó—. Trabaja hasta muy tarde por mi culpa, de modo que llega cuando puede...

Toni quiso decir algo. A ser posible, algo inteligente y oportuno. Pero no se le ocurrió nada de nada.

—Entra y tómate un café —dijo él.

Steel se apartó de la entrada para dejarle paso.

Su despacho era gigantesco, con la mesa situada de tal forma que la luz del exterior quedara a su espalda. Además, tenía una zona de estar con sillones, sillas y una mesita baja. También tenía un frigorífico pequeño y una cafetera, junto a la que había un tarro lleno de galletas de chocolate.

Steel se llevó una galleta a la boca y le sirvió un café.

—Es mi desayuno —explicó, señalando el tarro—. Ten en cuenta que estoy en el despacho desde las cinco de la madrugada... Joy traerá unos bocadillos cuando llegue.

–¿Desde las cinco? –preguntó ella, atónita.

Él sonrió y le dio su taza de café.

–Si quieres leche y azúcar, sírvete tu misma –dijo–. Y sí, llevo desde las cinco en punto... pero normalmente llego a las seis. No duermo demasiado.

Toni pensó que Steel era una especie de Supermán.

–Venga, siéntate y cuéntame lo que has pensado para el proyecto –continuó.

Cuando Toni vio que Steel se sentaba en uno de los sofás y que pretendía que ella se sentara a su lado, se puso tan nerviosa que derramó un poco de café sobre los planos que estaban en la mesita.

–Oh, lo siento...

Rápidamente, intentó secar la mancha.

–No te preocupes por eso –dijo él–. No es nada. Tengo un montón de copias de esos planos... enséñame lo que has hecho.

Avergonzada, Toni empezó a hablar con timidez. Pero, al cabo de un par de minutos, se había relajado por completo.

Le enseñó lo que había preparado, compartió con él sus planes y, por último, preguntó:

–¿Qué te parece?

Steel pensó que le parecía una maravilla. Pero no estaba pensando en las ideas de Toni, sino en la suave curva de sus labios.

Deseaba besarla. Lo deseaba con toda su alma.

Lo deseaba tanto que se levantó y se dirigió a la cafetera porque necesitaba poner tierra de por medio.

–¿Otro café? Yo tomo café como si fuera agua.

–No, gracias.

Se sirvió un café solo y se lo tomó de un trago. Acto seguido, miró a Toni y dijo:

–Estoy impresionado. Has comprendido el objetivo del proyecto. Es fundamental que los pisos sean completamente distintos... mi clientela es muy exigente en cuestiones de estatus social. Además, me encantan los colores y las texturas que has elegido. Sin embargo, recuerda que necesitamos ambientes cálidos para el invierno, que vayan bien con el fuego de las chimeneas y con los suelos de madera, y muy luminosos para el verano.

Toni se detuvo un momento y siguió hablando.

–Supongo que las obras de arte y los materiales que propones proceden de tus contactos...

Toni asintió.

–Sí. Cuando trabajaba para James, tuvimos un cliente que quería decorar su hotel al estilo de la India. Fue un proyecto tan fascinante como complejo, así que tuve que buscar proveedores para todo tipo de cosas –explicó–. Incluso quería piscinas con mosaicos con el fondo.

–Bueno, nuestros clientes se tendrán que contentar con cuartos de baño normales. Pero me gusta tu idea de los azulejos de cristal... Ponte con ello de inmediato.

Toni se ruborizó un poco, halagada.

–Más tarde, te llevaré al lugar para que te hagas una idea más exacta. De momento, concéntrate en lo que tienes –siguió Steel–. Ah, otra cosa...

–¿Sí?

–Todavía no te hemos encontrado un despacho,

así que tendrás que compartir con Joy el suyo. Espero que no te disguste.

–Por supuesto que no.

Toni se levantó y la acompañó al despacho de su secretaria.

–Joy llegará enseguida y te dirá todo lo que necesitas saber.

–Gracias.

Él se apoyó en la puerta.

–No estés tan asustada, Toni. No sé lo que te han contado de mí, pero puedes estar segura de que, normalmente, no muerdo.

Toni soltó una risita nerviosa.

–Bueno, ten en cuenta que es mi primer día en el trabajo –se justificó–. Y llevaba mucho tiempo sin trabajar...

Steel no hizo ningún comentario. Se limitó a asentir antes de cerrar la puerta a sus espaldas y dejarla sola.

Toni se sentó en el sillón y echó un vistazo a la sala. Era un lugar precioso. No se parecía nada a la esquina ruidosa y oscura en la que había estado cuando trabajaba para James. Además, su sueldo era una maravilla.

Si Steel hubiera sido un jefe normal y corriente, todo le habría parecido perfecto. Pero por otra parte, ningún jefe normal y corriente le habría ofrecido un proyecto tan apasionante como el que iba a realizar ni le habría ofrecido un salario tan alto que, cuando su madre oyó la cifra, se tuvo que sentar para no sufrir un desmayo.

Steel era grande en todos los sentidos, y ella tendría que acostumbrarse a su grandeza.

Sin embargo, casi lamentó que fuera tan atractivo y tan agresivamente masculino. Le parecía el hombre más sexy del planeta. No podía estar ni un segundo con él sin preguntarse qué se sentiría al hacerle el amor.

Steel había acertado unos segundos antes, cuando se dio cuenta de que estaba asustada y le pidió que dejara de estarlo. Era verdad. Toni le tenía miedo. No quería sentirse atraída por ningún hombre. Ya había sufrido bastante con Richard. Y aunque estaba segura de que entre Steel y ella no podía haber nada, el simple hecho de desearlo le daba miedo.

Pero era su problema, no el de Steel.

Él no era responsable de que ella se mostrara tensa y nerviosa en su presencia. Para él, ella solo era una empleada más. Y Toni se habría muerto de vergüenza si hubiera adivinado sus pensamientos.

Intentó recordarse que Amelia y Daisy eran todo lo que le importaba en ese momento. Además, ni siquiera necesitaba un hombre en la familia. Su padre cumplía ese papel a la perfección, y sabía que nunca dejaría a las pequeñas en la estacada.

La puerta se abrió en ese momento. Una mujer esbelta y delgada le dedicó una sonrisa y declaró:

—Tú debes de ser Toni, ¿verdad? Encantada de conocerte. Yo soy Joy MacLean, la secretaria de Steel.

La mañana pasó como una exhalación.

Joy dedicó unos minutos a enseñarle el edificio y presentarle a los empleados. En el último piso estaban los despachos de Steel y de la propia Joy; también había un cuarto de baño, una sala de juntas y un guardarropa. El piso inmediatamente inferior era la sede de los departamentos de contabilidad y de asuntos legales. Y en el piso bajo se encontraba la recepción y el departamento administrativo.

Las dos mujeres comieron juntas en una cafetería que estaba cerca de la oficina. Fue entonces cuando Joy la puso al día sobre ciertos detalles de su ilustre jefe.

–No es verdad lo que se dice sobre los hombres. Por lo menos, en el caso de Steel.

–¿A qué te refieres? –preguntó Toni.

–A que no pueden pensar más de una cosa a la vez.

Toni sonrió.

–Steel no solo es capaz de pensar en diez cosas al mismo tiempo, sino que además espera que los demás estén a su altura –continuó Joy–. Es un obseso del trabajo, aunque también sabe disfrutar de la vida... pero jamás se compromete demasiado con una mujer. Busca relaciones puramente sexuales.

–Un conquistador típico... –ironizó Toni.

Joy asintió.

–En efecto. El trabajo es lo único que lo motiva. Las mujeres tienen que asumirlo y aceptar que una relación con él solo puede ser temporal y estrictamente sexual –declaró–. Pero no te equivoques... hacen cola por el privilegio de estar a su lado. Y te aseguro que, con lo de hacer cola, no exagero.

Toni supo que no exageraba.

–Por lo demás es un hombre encantador...

Joy le contó que Steel adoraba a su hermana y dedicó unos minutos a explicarle que se había hecho cargo de ella cuando sus padres murieron.

–¿Sabes que está en el hospital? –continuó–. Ha estado a punto de perder el bebé.

–Sí, ya lo sabía. ¿Cómo se encuentra?

–Bien, aunque los médicos le han ordenado reposo absoluto.

Estuvieron charlando un rato más. Joy le cayó tan bien que Toni lamentó que dejara el trabajo al final del verano. Sabía que habrían sido grandes amigas, pero Joy ya había presentado su dimisión y Steel ya le estaba buscando una sustituta. De hecho, quería contratar a alguien cuanto antes para que lo aprendiera todo antes de que Joy se marchara.

–La paciencia no es precisamente una de las virtudes de nuestro querido jefe –declaró Joy cuando hablaron de ello.

Cuando terminaron de comer, volvieron a la oficina. Steel estaba fuera, en una reunión con un cliente. Pero tardó poco en volver.

De repente, abrió la puerta que conectaba los dos despachos, asomó la cabeza y dijo:

–Nos vemos dentro de cinco minutos, Toni. Quiero enseñarte el edificio del proyecto nuevo. Trae los planos y todo lo que necesites.

Toni se quedó tan alarmada que Joy rio cuando Steel volvió a cerrar la puerta.

–No te preocupes; ladra pero no muerde –dijo–. A decir verdad, es bastante humano.

Toni sonrió débilmente y empezó a recoger sus cosas.

Ya estaba preparada y esperando cuando su voz sonó en el intercomunicador de Joy. Toni se reunió con él en el pasillo exterior.

Mientras caminaban hacia el ascensor, él alcanzó los planos y el resto de los materiales de Toni para que no llevara tantas cosas encima.

–¿Ya te has puesto cómoda? –preguntó Steel con su voz ronca y profunda.

Los dos entraron en el ascensor. Las puertas de metal se cerraron y Toni sintió un vacío tan súbito como inquietante.

–Sí, gracias –acertó a responder–. Joy ha sido muy amable conmigo. Me ha enseñado la empresa y me ha presentado a tus empleados.

–Es una secretaria excelente. La voy a echar de menos.

Toni asintió y se preguntó si solo la iba a echar de menos como secretaria. A fin de cuentas, había trabajado varios años para él.

Sin embargo, se dijo que Steel Landry no era capaz de desarrollar sentimientos afectuosos por una persona que trabajaba para él. Toni estaba convencida de que era una especie de robot del futuro, una máquina con apariencia humana que, sin embargo, no tenía más intereses que los profesionales.

Cuando salieron del ascensor y pasaron entre las enormes puertas de cristal que daban a la calle, Toni supo lo que se sentía al estar con la realeza.

Todo el mundo dejó lo que estaba haciendo y saludó a su jefe con una sonrisa. Al guardia de seguridad le faltó poco para cuadrarse como un soldado.

–Philip ya le ha traído el coche, señor Landry – dijo el hombre–. Ha dicho que hoy no necesita chófer y que prefiere conducir usted mismo. Espero que lo haya entendido bien...

Steel asintió.

–Me ha entendido perfectamente, Bill. ¿Cómo se encuentra su esposa? ¿Ya ha salido del hospital? –se interesó.

–Sí, señor Landry. Nunca le estaremos lo suficientemente agradecidos por la semana de vacaciones que nos regaló... Los siete días al sol le sentaron de maravilla. Le ha devuelto las energías.

–Me alegro mucho.

En la calle, junto al impresionante Aston Martin de Steel, los estaba esperando un joven. Era el chófer.

Mientras caminaban hacia él, Steel dijo:

–La esposa de Bill tiene una forma particularmente grave de cáncer. Él la adora y, como te puedes imaginar, está muy preocupado por ella.

Toni no tuvo ocasión de decir nada, porque enseguida llegaron al coche. El chófer les abrió la portezuela, esperó a que entraran y se marchó.

–¿Preparada? –preguntó él.

–Preparada.

Steel arrancó de inmediato. Toni pensó que había cometido otro error al pensar que su nuevo jefe era un hombre que no se preocupaba por las personas que trabajaban para él. La esposa de Bill era todo un ejemplo de lo contrario.

Respiró hondo e intentó no prestar demasiada atención al cuerpo duro y masculino de su acompañante. Pero no fue fácil, porque estaban demasiado cerca y su presencia dominaba el ambiente.

En otras circunstancias, habría cerrado los ojos. Como no los podía cerrar, giró la cabeza y se dedicó a mirar por la ventanilla.

El sonido del teléfono rompió el silencio al cabo

de unos minutos. Por lo que Toni pudo oír, era una llamada de negocios.

Steel acababa de cortar la comunicación cuando el aparato volvió a sonar.

De hecho, sonó varias veces durante el camino; tantas, que Toni se preguntó si alguna vez dejaba de trabajar. Joy MacLean no había exagerado demasiado al afirmar que el trabajo era su única motivación.

El comentario de la secretaria le recordó lo que había dicho sobre las relaciones amorosas de su jefe. Toni no quería pensar en ello. Había soñado con Steel las últimas noches y, cuando había despertado, se había sentido profundamente avergonzada por lo que había soñado.

Por suerte, él no lo sabía. No podía imaginar que se había convertido en el objeto de sus fantasías sexuales.

Pero a Toni le inquietaba de todas formas; aunque no fuera responsable de los caprichos de su inconsciente.

Muchos kilómetros y llamadas telefónicas después, Steel aparcó delante de una fábrica gigantesca y de aspecto sombrío que aún tenía el cartel de sus antiguos propietarios, E.C. Maine and Son, Quality Furnishings.

–Lo mejor que se puede decir de su aspecto exterior es que parece sólido –declaró Steel con ironía–. Me temo que no podemos hacer gran cosa en ese sentido.

–Bueno, yo no estaría tan segura.

Toni contempló las docenas y docenas de ventanas pequeñas del edificio.

–¿Qué quieres decir? –preguntó él.

–Ya tenemos permiso para ampliar las ventanas de la fachada, ¿verdad?

–Sí, lo tenemos.

–Imagina lo bien que quedará cuando las agrandemos e instalemos las contraventanas. El ladrillo de la fachada no resultará tan pesado. Además, tienen detalles decorativos realmente bonitos, muy típicos del estilo victoriano... si mantenemos algunos y los resaltamos con pintura negra y dorada, el efecto resultará muy atractivo.

Steel asintió.

–Tienes razón.

–En cuanto al patio interior, el que servirá de jardines colectivos, podríamos instalar barandillas de hierro forjado y repetir el diseño de la fachada.

–Buena idea –dijo él con una sonrisa–. Me gusta mucho. En serio.

Toni se sintió halagada, pero no tuvo tiempo de disfrutarlo porque Steel salió inmediatamente del coche y le abrió la portezuela.

Mientras visitaban el edificio, intentó concentrarse en el trabajo y no prestar atención al alto y atractivo hombre que la acompañaba.

Durante la visita, se le ocurrieron un montón de ideas. Algunas eran bastante prácticas y otras, no tanto; pero al volver al exterior, estaba entusiasmada y segura de que podía hacer un trabajo verdaderamente espectacular.

Por si eso fuera poco, Steel se había mostrado muy receptivo con sus ideas. Incluso con la de utilizar parte del piso bajo para instalar un gimnasio y una sauna de uso común.

–También podríamos poner un jacuzzi –añadió Toni–. A las mujeres les gustan mucho.

Él arqueó una ceja.

–¿Solo a las mujeres? Tu comentario es un poco sexista, Toni... por si no lo sabías, a los hombres también les gustan.

–No tanto como a nosotras –bromeó.

Él se encogió de hombros y sonrió. Después, contempló su cabello y preguntó, para sorpresa de Toni:

–¿No te molesta ese moño tan apretado? Me extraña que no te duela la cabeza.

Ella tardó unos segundos en reaccionar.

–Sí, bueno, me molesta un poco –admitió–, pero es cómodo para trabajar.

Steel miró la hora.

–Son las cinco y media. Se supone que ya no estás trabajando...

Toni entendió perfectamente la indirecta de Steel. Quería que se soltara el pelo.

Pero se hizo la loca.

–Eso carece de importancia. Cuando vuelva a casa, desarrollaré algunas de las ideas que hemos discutido y te las llevaré mañana por la mañana. Sin embargo, no podré ser muy exacta con los precios... ten en cuenta que el proyecto está en su primera fase.

Steel maldijo el trabajo para sus adentros. Deseaba tanto a Toni que se sentía terriblemente frustrado, pero apretó los dientes y la acompañó al coche.

Una vez dentro, él dijo:

–No hay prisa; déjalo para mañana. ¿Te apetece tomar una copa?

Ella se estremeció. Por una parte, no veía nada malo en el hecho de relajarse un rato con un colega de trabajo. Pero Steel Landry no era un colega de trabajo, sino su jefe. Y tomar copas con los jefes estaba en contra de todas sus normas.

–No, gracias, será mejor que vuelva a casa. Quiero estar un rato con las niñas antes de que se acuesten.

Steel parpadeó, desconcertado. Siempre olvidaba que Toni era madre.

–No importa.

Ella notó que se ponía tenso. Habían estado muy relajados durante toda la tarde, pero ahora volvían a mantener las distancias.

–¿Quieres que te lleve a tu casa? –continuó él–. Así llegarás antes y tendrás más tiempo para tus hijas.

Toni lo miró.

–Te lo agradezco mucho.

A pesar de sus palabras, Steel tuvo la impresión de que Toni habría preferido rechazar la oferta. Y se preguntó por qué.

Quizás tenía miedo de que los vecinos la vieran con un desconocido; o quizás, de verse obligada a presentarle a su familia. Pero le pareció que su motivo era otro y sintió una profunda curiosidad.

Le lanzó una mirada rápida. Toni estaba muy rígida, con sus notas apretadas contra el pecho.

Steel sintió la tentación de detener el vehículo en el arcén y apagar el motor para ver cómo reaccionaba. Naturalmente, se contuvo. Pero Toni le gustaba tanto que tenía ganas de hacer algo escandaloso.

Era tan comedida y tan sobria que casi le apetecía comportarse como uno de esos villanos de las películas antiguas. Además, su arrogancia le irritaba. Sabía que había sufrido mucho con su difunto esposo y comprendía que sintiera rencor hacia los hombres en general, pero eso no le daba derecho a comportarse como si tuviera miedo de que la fuera a violar en el coche. Era muy ofensivo.

De repente, imaginó que la tumbaba en el asiento trasero y que la hacía gemir y retorcerse de placer con sus besos y sus caricias. Fue una imagen tan vívida que estuvo a punto de chocar con el coche que tenían por delante.

Por fin, llegaron a la casa de Toni. Steel ni siquiera había apagado el motor cuando ella abrió su portezuela.

–Espera. Te ayudaré...

Steel salió, pero Toni fue más rápida. Y en sus prisas por escapar de él, se le cayeron todos los papeles que llevaba encima.

Él se inclinó para recogerlos.

Ella se inclinó para recogerlos.

Y se dieron un buen golpe en la cabeza.

–Oh, lo siento –dijo Toni, ruborizada–. Ha sido por tu coche... es tan bajo que entrar y salir de él es todo un problema.

Él soltó una carcajada.

–La próxima vez dejaré el Aston Martin y usaré el todoterreno.

–No, no, yo no quería decir que...

Cuando recogieron los documentos, Steel la tomó de la mano y la ayudó a levantarse. Toni se puso extrañamente tensa.

Él admiró sus labios y se preguntó, como tantas

veces, a qué sabrían. Tuvo que echar mano de toda su fuerza de voluntad para resistirse al impulso de besarla. La deseaba de un modo tan intenso que corría el peligro de empezar a temblar. El aroma de su cuerpo era cálido e incitante; y el olor de su cabello, dulce como una fruta de verano.

Estremecido, dio un paso atrás para resistirse a la tentación. Ella permaneció donde estaba, inmóvil, mirándolo con los ojos muy abiertos.

Steel no supo cuánto tiempo estuvieron así. Pero de repente, la puerta de la casa se abrió y oyeron un grito.

—¡Mamá!

Dos niñas pequeñas corrieron hacia Toni, que se inclinó y las abrazó. Mientras lo hacía, una mujer de cabello canoso apareció en la entrada y dijo:

—Lo siento, cariño. Estaban mirando por la ventana cuando has llegado y han salido corriendo al instante.

—No te preocupes, mamá.

Toni soltó a las niñas y miró a Steel.

—Te presento a mis hijas, Amelia y Daisy —continuó.

Por su tono de voz, Steel pensó que había acertado al suponer que no quería que conociera a su familia. Pero él se alegró. Ahora sabía que las dos pequeñas eran una copia exacta de su madre. No encontró nada en sus caras que perteneciera el hombre que las había engendrado.

—Hola —les dijo con una gran sonrisa—. ¿Quién es Amelia y quién es Daisy?

—Yo soy Amelia y ella es Daisy —dijo una de las niñas.

Steel asintió.

–Y yo soy Steel Landry. Encantado de conocerte, Amelia.

–¿Steel? –preguntó la pequeña, sorprendida–. Es nombre muy bonito... ¿sabes que significa acero en inglés?

–Sí, ya lo sabía, Amelia.

–Entonces, ¿eres de acero? ¿Como un robot?

Steel rio.

–Bueno, más o menos.

Amelia lo miró con interés y dijo:

–En el parvulario hay un chico que se llama Tyler y que siempre está molestando a Daisy. Si le digo que mi mamá tiene un amigo de acero, no la volverá a molestar.

–No es mala idea –bromeó Steel–. Prueba a ver qué pasa.

Amelia sonrió.

–Probaré mañana.

La madre de Toni se acercó entonces y le estrechó la mano.

–Encantado de conocerlo, señor Steel. ¿Le apetece tomar un café? Mi marido acaba de prepararlo...

Toni miró a su madre con horror, pero ya era demasiado tarde.

–Me gustaría mucho. Si no es ninguna molestia.

–Por supuesto que no.

Mientras seguía a las mujeres y a las niñas a la cocina de la casa, Steel supo que estaba jugando con fuego. Toni viajaba con demasiado equipaje. Era una viuda con hijas, no una jovencita libre de compromisos.

Sin embargo, quería ver el lugar donde vivía. Quería saber más cosas de ella. Aunque se arrepintiera más tarde.

–¿Eres muy viejo?

La pregunta de Amelia lo desconcertó.

–¿Viejo? No, qué va.

–Mi abuelo lo es. Tiene el pelo blanco. La semana pasada, cuando vino al colegio, no pudo participar en la carrera de los padres. Tyler dijo que no podía porque era un anciano decrépito –le explicó.

Steel pensó que el tal Tyler era un cretino.

–Amelia, ya basta –protestó Toni, ruborizada–. Quiero que Daisy y tú subáis a la habitación y os preparéis para vuestro baño de todas las tardes. Yo subiré dentro de un rato, en cuanto pueda. ¿De acuerdo?

Las dos niñas se marcharon. Los demás cruzaron la casa y salieron a un patio interior, donde un hombre alto y ligeramente encorvado se acercó a Steel y le estrechó la mano.

–Soy el padre de Toni, William Otley. Siéntese, por favor... Suelo tomarme un café a estas horas, cuando las niñas suben a su habitación. Dan tanto trabajo que necesito un poco de cafeína –declaró con una sonrisa–. Ya no soy tan fuerte como antes.

Steel también sonrió.

–Debe de ser muy duro...

–Sí, pero no lo cambiaría por nada.

William se giró hacia su hija y añadió:

–Ve con las niñas, cariño. Yo cuidaré del señor Landry.

Toni dudó. Era evidente que no quería dejarlo a solas con su padre.

Pero no podía hacer nada al respecto, así que se dio la vuelta a regañadientes y desapareció en el interior de la casa.

Steel sonrió para sus adentros.

Ya no importaba que Toni fingiera ser inmune a sus encantos. Unos minutos antes, cuando se le cayeron los papeles al suelo y él la ayudó a levantarse, Steel se dio cuenta de que le gustaba físicamente.

No significaba mucho, pero era un principio.

Aunque no supiera de qué.

Capítulo 5

MIENTRAS miraban a las niñas, que se estaban desnudando, Toni se inclinó hacia su madre y dijo en voz baja:

—No deberías haberlo invitado. No me parece bien.

—¿Por qué no? —preguntó, extrañada.

—Porque es mi jefe.

—¿Y qué?

—Que no me parece adecuado...

—Bah, qué tontería.

Vivienne tomó a Daisy en brazos. Toni miró a su madre con impotencia y decidió no insistir. A fin de cuentas, las niñas estaban presentes.

Cuando entraron en el servicio, Vivienne se marchó y Toni se dedicó a bañar a las pequeñas. Minutos después, ya les había puesto los pijamas y las había metido en la cama.

Pero Amelia se empeñó en bajar para despedirse del hombre de acero.

—Quiero verlo otra vez, mamá... solo será un momento.

Toni se obligó a responder con dulzura.

—No es posible, cariño. Ahora está hablando con el abuelo. Ya lo verás otro día.

—Por favor, mamá, por favor...

Daisy miró a su hermana, tiró de la falda de Toni y se sumó a la petición.

–Yo también quiero, mamá.

Justo entonces, Vivienne asomó la cabeza por la puerta. Debía de haber oído a las pequeñas, porque dijo:

–Yo las acompañaré.

Las gemelas insistieron.

–Por favor, mamá... solo un momento.

Toni se sorprendió a punto de perder la paciencia. No quería que sus hijas se encariñaran con Steel ni con ningún otro hombre. Aquella casa era un refugio para ellas, un refugio lejos del mundo y del resto de las personas. Pero por otra parte, no era su casa. Era la casa de sus padres. Y si sus padres querían invitar a Steel, no tenía derecho a oponerse.

Se maldijo para sus adentros y suspiró, consciente de estar exagerando. Tampoco era tan importante.

–Está bien, pero solo un momento. Os despediréis de él, subiréis al dormitorio y os leeré un cuento para dormir.

Las gemelas salieron corriendo. Vivienne las siguió, pero más despacio; cuando llegó al patio, vio que Daisy, normalmente tímida, se había acercado a Steel Landry y le estaba contando una historia del parvulario.

–La señorita Brown le dijo que me pidiera disculpas, pero al final no me las pidió... ¿Verdad, Melia?

Amelia, que estaba sentada en el regazo de su abuelo, asintió.

–Es cierto. Y le sacó la lengua a la señorita Brown.

–Es un chico malo –dijo Daisy.

–Sí, muy malo –declaró Steel.

Toni apareció entonces.

–¿Estáis hablando de Tyler?

–En efecto –respondió Steel con solemnidad.

–Y no solo eso –intervino Daisy–. Metió una *pariposa*...

–Mariposa –la corrigió Amelia–. Se llaman «mariposas».

–Pues metió una mariposa en la cajita de los lápices de colores. Y cuando se la quité y la abrí para soltarla, me pegó una patada...

–¿Se la quitaste? –preguntó Toni, atónita–. ¿Te atreviste a quitársela?

Daisy asintió con firmeza.

–Era una pobre mariposa y tenía miedo –explicó.

Toni acarició la cabeza de su hija.

–Hiciste lo que debías, Daisy. Pero ahora quiero que tu hermana y tú os despidáis de los abuelos y del señor Landry.

Amelia y Daisy obedecieron sin rechistar. Primero besaron a sus abuelos y después besaron a Steel, que dijo:

–Buenas noches, preciosas. Espero que Tyler se porte mejor mañana.

–Nunca se porta bien –dijo Daisy–. La señorita Brown dice que es un chico muy inquieto.

Toni se llevó a las dos pequeñas, las metió en la cama y les empezó a leer un cuento. Por suerte, se quedaron dormidas antes de que lo terminara.

Ya había salido del dormitorio cuando se cruzó con su madre en el rellano de la escalera. Y en cuanto la miró, supo que las cosas se habían complicado.

—Oh, no... ¿qué has hecho, mamá?

—Nada grave, hija.

—¿Qué has hecho? –insistió, molesta.

—Le he invitado a cenar.

Toni no dijo nada. No pudo. Se había quedado sin palabras.

—Ha sido un simple gesto de educación –continuó Vivienne–. Nos ha dicho que tenía que marcharse enseguida, pero ha notado el olor del estofado que yo estaba preparando y ha dicho que olía muy bien, de modo que...

—Dios mío, mamá.

—No sé por qué te lo tomas así –se defendió–. A fin de cuentas, un hombre tiene derecho a cenar caliente.

—Steel tiene cocinera en casa –le informó Toni–. Come caliente todas las noches.

—De todas formas, es lo menos que podíamos hacer. Es tu jefe y se ha tomado la molestia de traerte a casa –alegó su madre–. Por cierto, nos ha estado hablando de su hermana, Annie. Al parecer, está internada en el hospital... pobrecillo. Se nota que la adora.

Toni se rindió. No sabía lo que había ocurrido en el patio durante su ausencia, pero su madre se había sentido obligada a invitarlo a cenar y el mal ya estaba hecho. No podía hacer nada por impedirlo.

Se tranquilizó un poco y preguntó:

—¿Qué ha dicho cuando lo has invitado a cenar?

Toni no lo preguntó por curiosidad. Quería saber

si había aceptado por simple educación o si había provocado la situación para quedarse en la casa; al fin y al cabo, cabía la posibilidad de que se hubiera dado cuenta de que lo deseaba.

Vivienne arrugó la nariz.

–Pues ahora mismo no me acuerdo –respondió–. Ah, sí... ha dicho que no quería causarnos molestias.

–¿Y qué has dicho tú?

–Que no nos causaba ninguna molestia y que sería un placer.

Toni gimió.

–Mamá, es evidente que quería rechazar tu oferta...

–Tonterías. Ha contestado así porque es lo más educado.

–Le has puesto en una posición embarazosa.

–¿Embarazosa? Qué cosas tienes, hija –declaró Vivienne, ofendida–. Tú no estabas allí. No sabes lo que ha pasado y no es justo que me acuses de haber sido pesada con tu jefe... Voy a echar unas cuantas patatas al estofado. Si quieres, cámbiate de ropa y abre una botella de vino para la cena. ¿De acuerdo?

Vivienne dio media vuelta y se marchó, indignada.

Toni cerró los ojos durante unos segundos. Estaba atrapada en una situación tan ridícula que podría haber estrangulado a su madre.

Aquello era sumamente embarazoso.

Volvió al dormitorio de las niñas y abrió el armario, donde estaba toda la ropa de las pequeñas y parte de la suya; el resto seguía en las cajas que había metido debajo de la cama, porque no había sitio.

La noche de junio era cálida, pero decidió no ponerse uno de sus vestidos de verano. No quería que Steel malinterpretara su aspecto y que lo tomara por un intento de seducción.

Eligió unos pantalones de lino blanco y una camisa sin mangas, de color jade. Después, se cepilló el cabello y se lo dejó suelto, por encima de los hombros. Estuvo a punto de maquillarse, pero se resistió a la tentación.

Por fin, se puso unas sandalias y bajó por la escalera, tan nerviosa que apretó los puños varias veces en un vano intento por tranquilizarse.

Para entonces, Vivienne ya había abierto la botella de vino. Cuando salió al patio, sus padres y Steel estaban enfrascados en una conversación. La botella estaba sobre la mesa, con cuatro copas.

Toni se detuvo un momento y los miró.

Hablaban y reían como si se conocieran de toda la vida. Era escena tan familiar que casi sintió envidia de ellos.

En ese instante, Steel alzó la cabeza y extendió una mano para alcanzar su copa. Cuando vio a Toni, entrecerró los ojos y dijo:

–Nos preguntábamos dónde te habrías metido. Anda, ven aquí y tómate una copa.

Las palabras de Steel reforzaron la envidia de Toni, pero también le dieron la fuerza suficiente para caminar hacia ellos y forzar una sonrisa.

–Tengo entendido que mi madre te ha extorsionado para que te quedaras a cenar –comentó fríamente–. Espero que Maggie no se enfade contigo. Cabe la posibilidad de que ya te hubiera preparado una de sus maravillosas cenas.

Steel sonrió.

–Maggie se ha marchado y no volverá hasta dentro de un par de días. Todos necesitamos un descanso de vez en cuando.

–Por supuesto que sí –dijo Vivienne, lanzando una mirada triunfante a su hija–. Y estoy seguro de que tu cocinera se alegrará de que cenes caliente.

Toni estaba cada vez más desconcertada. Ya ni siquiera se hablaban de usted. Se habían empezado a tutear. Y por si eso fuera poco, su padre le lanzó una mirada de recriminación por haber sido grosera con su invitado.

Alcanzó la copa de vino y echó un trago. Ni en el más alocado de sus sueños habría imaginado que el día pudiera terminar de ese modo.

Cenaron en la mesa del patio, que resultó inquietantemente íntima para ella. Antes del estofado, Vivienne sirvió unos entrantes que no podían competir con los de Maggie, pero Steel se mostró encantado con la comida y halagó sus habilidades culinarias.

Toni intentó comer algo.

Si Steel no hubiera sido el dueño de Landry Enterprises; si hubiera sido un anciano caballero o un ejecutivo normal y corriente, ella no habría tenido el menor problema con la situación. Pero Steel era Steel. Un hombre devastadoramente atractivo. Un hombre increíblemente peligroso para ella. Un hombre profundamente seguro de sí mismo y con tanto éxito entre las mujeres que, según decían, estaba con una distinta cada semana.

Al final de la cena, Vivienne les ofreció café. Toni quiso ayudarla, pero su madre rechazó su ayuda.

–Me las arreglaré sola, cariño.

Cuando Vivienne entró en la casa, Toni sintió una punzada en el corazón. Era una noche preciosa, perfecta para los enamorados. La luna iluminaba hasta los rincones más oscuros y la fragancia de las flores del jardín llenaba sus sentidos.

Estaba tensa, alerta.

Se preguntó qué diablos le ocurría, pero la respuesta era obvia. Nunca había sido tan consciente de un hombre. Notaba cada uno de sus movimientos, cada una de las inflexiones de su voz profunda. No dejaba de admirar su cara, sus anchos hombros, aquel cuerpo que le dejaba la boca seca.

Una y otra vez, se recordaba que Steel Landry era su jefe y que estaba fuera de su alcance.

Pero no servía de nada.

—Voy a buscar mi pipa y mi tabaco —dijo su padre en ese momento.

Toni sintió tanto pánico que, cuando William pasó a su lado, estuvo a punto de agarrarlo de la manga y rogarle que se quedara.

—No te preocupes. No es como si estuviéramos a solas —comentó Steel con humor—. Por si no te has dado cuenta, tenemos compañía...

Steel señaló la pared que separaba el patio de sus padres del patio de los vecinos. En lo más alto se había posado un petirrojo.

—No estoy preocupada —mintió rápidamente—. Simplemente lamento que mi madre te obligara a cenar con nosotros... me temo que no acepta una negativa por respuesta. Nunca ha trabajado, ¿sabes? Es un ama de casa a la antigua usanza y no está acostumbrada a las cosas del mundo moderno.

—No te disculpes por ella, Toni. Me parece una

gran mujer. Y por cierto, no me he sentido obligado en absoluto –afirmó–. Me apetecía cenar con vosotros.

–Ah –dijo ella, sorprendida–. Comprendo.

–Dudo que lo comprendas.

Toni se echó hacia atrás, sonrió y añadió:

–Amelia y Daisy son encantadoras. Se nota que eres una madre excelente.

–Gracias.

–Y curiosamente, tienen personalidades muy distintas... cualquiera diría que son como las dos partes de ti.

–¿Como las dos partes de mí? –preguntó sin entender.

–Exactamente. Amelia ha heredado tu parte segura, entusiasta y atrevida. Y Daisy, tu parte tímida, vulnerable y cariñosa.

Toni lo miró a los ojos. Además de estar hablando en serio, había acertado plenamente. Y se sintió tan frágil que tuvo que esconderse detrás de un alarde de sarcasmo.

–¿Has llegado a esa conclusión tan inteligente en cinco minutos? Porque solo has estado cinco minutos con ellas –le recordó.

–¿Es que estoy equivocado? –preguntó con tranquilidad.

–Por supuesto.

–¿En serio?

–Amelia y Daisy son más complejas de lo que crees.

–No lo dudo, pero yo no me refería a las gemelas. Me refería a lo que han heredado de ti, Toni –puntualizó.

Toni respiró hondo. Steel era su jefe y no se podía arriesgar a perder el trabajo, pero no iba a permitir que jugara con ella.

–No intentes analizarme, Steel. Me conoces muy poco.

Él no se sintió ofendido. De hecho, volvió a sonreír.

–Eso es cierto; pero también es cierto que he acertado.

Toni se mantuvo en silencio.

–¿Sabes una cosa? Esta noche pareces una jovencita de dieciséis años –continuó él–. Una jovencita mucho más encantadora que la mujer profesional a quien contraté... Al principio, he pensado que te habías quitado la capa exterior y que te mostrabas tal como eres, pero no es así, ¿verdad? La capa sigue ahí, aunque de un modo distinto.

Toni siguió sin hablar.

–¿Qué hay que hacer para que te relajes? –preguntó Steel.

Ella carraspeó.

–No sé de qué estás hablando –dijo.

–Claro que lo sabes. En el trabajo eres una mujer increíblemente apasionada y segura de sí misma, una mujer capaz de arriesgarse. Y con toda sinceridad, tu entusiasmo me encanta. De hecho, has conseguido que yo también me apasione con la decoración de los pisos del proyecto. Estoy deseando ver el resultado.

Toni se sintió tan halagada como confusa.

–Sin embargo –continuó Steel–, tienes otra parte que es desconfiada y tímida. Aunque me parece perfectamente normal después de lo de Richard.

–No soy ni desconfiada ni tímida –se defendió–. Eso es una tontería. Simplemente, soy madre de dos hijas y procuro mantenerme lejos de los hombres y llevar una existencia lo más tranquila posible.

–Me parece muy bien.

Toni apretó los labios y se preguntó si le estaba tomando el pelo. Steel había conseguido que se enfadara.

–Excelente, porque no voy a permitir que ningún hombre entre en nuestras vidas. Tenemos todo lo que necesitamos. Somos felices.

Él la miró con intensidad y dijo:

–Las quieres mucho, ¿verdad?

–Son todo lo que tengo y todo lo que quiero. Ha sido así desde que nacieron y seguirá siendo así –contestó.

–¿Y su padre? ¿Dónde encaja?

Toni interpretó la pregunta como una crítica.

–No sientas lástima de Richard. No quería saber nada de las niñas. No lo he expulsado de sus vidas... se expulsó él solo, sin ayuda de nadie.

–Y yo no he dicho que sienta lástima de él. Te he preguntado que dónde encaja. Es muy diferente.

Ella tragó saliva, incómoda.

–Lo siento. Me ha parecido que...

–No te disculpes. Lo entiendo de sobra.

Toni apartó la mirada y la clavó en el muro. El petirrojo ya se había marchado.

–Richard era de la clase de hombres que no deberían ser padres –le explicó–. No le gustaban los niños; era tan sencillo como eso. No tenía tiempo para ellos.

–¿Ni siquiera para sus hijas?

Ella sacudió la cabeza.

–No, me temo que no. Nos casamos demasiado pronto y demasiado jóvenes... Cuando me di cuenta del error que habíamos cometido, ya me había quedado embarazada. Y por si fuera poco, de gemelas.

Toni se sentó y se preguntó por qué le estaba contando eso a Steel. Pero siguió adelante de todas formas.

–Por entonces, yo no sabía que Richard era adicto al juego. Siempre me he sentido culpable. De haberlo sabido, las cosas podrían haber sido diferentes... No sé, tal vez le podría haber ayudado –confesó.

–No habría cambiado nada, Toni. No puedes ayudar a quien no se quiere ayudar a sí mismo. El primer paso para superar una adicción es reconocer que se sufre.

Toni asintió.

–Supongo que sí.

Steel dudó un momento y declaró:

–Mi padre era alcohólico. Lo dejaba constantemente y recaía una y otra vez. Casi todo el tiempo era un buen padre y un buen marido, pero cuando bebía... Una noche, mi madre y él salieron a celebrar sus veinte años de matrimonio. Por lo que me dijeron después sus amigos, mi padre había bebido más de la cuenta. No estaba borracho, pero se negó a que mi madre llevara el coche.

Toni le dejó hablar.

–Mi madre siempre se dejaba convencer. Estaba tan enamorada de él que no era capaz de llevarle la contraria. Tuvieron un accidente de tráfico y fallecieron al instante, al igual que la joven pareja y el bebé de cuatro meses que viajaban en el vehículo contra el que chocaron –concluyó.

–Oh, Dios mío...

–Si me hubieran llamado por teléfono, los habría ido a buscar. Por aquel entonces, me acababa de comprar mi primer coche.

Steel se detuvo un momento. Se había emocionado y necesitaba recuperar el aplomo.

–En ese sentido, mi padre era como tu esposo. El alcohol le gustaba tanto que no podía dejar de beber. Las adicciones son así. Te esclavizan.

–Lo siento muchísimo –susurró ella.

–Ha pasado mucho tiempo. Solo te lo he contado para ayudarte a entender que no podías ayudar a Richard.

Toni se dio cuenta de que, a pesar del tiempo transcurrido, Steel no había superado su dolor. Se echo hacia delante para decir algo que lo animara, pero justo entonces aparecieron su madre y su padre.

Diez o quince minutos después, tras una breve conversación, los padres de Toni anunciaron que se iban a la cama y se despidieron de Steel.

–Desde que llegaron las gemelas, nos acostamos y nos levantamos pronto –explicó Vivienne con una sonrisa–. Había pasado tanto tiempo desde que tuvimos a Toni que habíamos olvidado cuánta energía tienen los niños.

Steel se levantó y les estrechó la mano. Cuando regresaron al interior de la casa, él se volvió a sentar.

–Yo también debería irme. Terminaré el café y me marcharé.

Toni asintió, pero no dijo nada. Había notado

que, durante la conversación con sus padres, Steel no la había mirado ni una sola vez. Su actitud había cambiado radicalmente. Se comportaba como si se arrepintiera de haberle contado lo del alcoholismo de su padre y el accidente de tráfico posterior.

Toni pensó que tal vez tuviera miedo de que se lo contara a otras personas y se preguntó cómo podía tranquilizarlo. No tenía intención de decírselo a nadie.

En ese momento, Steel se giró, la miró y supo exactamente lo que estaba pensando.

La cara de Toni era tan expresiva que lo decía todo; una cara radicalmente distinta a la de las mujeres elegantes, frías y mesuradas con las que estaba acostumbrado a salir. De hecho, Toni era literalmente distinta.

Steel pensó que ese era el problema. No estaba inquieto por la posibilidad de que Toni le fuera a otras personas con la historia de su padre, sino por haber confiado en ella hasta el punto de abrirle su corazón. Él no hablaba nunca de sus padres; ni siquiera con las personas más cercanas.

En la distancia se oyó el ladrido de un perro y el ruido apagado del tráfico nocturno.

Steel terminó el café y se levantó. Necesitaba alejarse de Toni. Por primera vez en su vida, tenía la impresión de estar caminando sobre arenas movedizas; y era una impresión que no le gustaba nada, nada en absoluto.

Pensó que se había equivocado al aceptar la invitación de Vivienne. Sabía que la situación podía ser embarazosa, pero se había rendido al extraño deseo de conocer a la familia y a las hijas de Toni George.

No era propio de él. Era un hombre independiente, que no encajaba en el ambiente de una típica familia feliz.

Toni también se había levantado. Y mientras él se acercaba, ella dijo algo sobre lo mucho que le había gustado la visita a la sede del proyecto y sobre el montón de ideas que tenía.

Pero Steel no le prestó demasiada atención. Sabía lo que iba a hacer y sabía que se arrepentiría más tarde: la iba a besar porque quería besarla. Era tan sencillo como eso. Tan sencillo y tan tremendamente complicado.

Miró su boca y la tomó por los brazos antes de que Toni se diera cuenta de lo que estaba haciendo. Ella entreabrió los labios para decir algo, pero el movimiento solo sirvió para aumentar el deseo de Steel.

Por fin, la besó. Toni le supo tan dulce y cálida como la noche. Y cuando le puso las manos en el pecho, él aumentó ligeramente la intensidad.

Steel se había intentado convencer de que solo sería una especie de beso de buenas noches, pero ahora sabía que se había engañado. Ya no se podía apartar. La besó con más pasión y le pasó la lengua por los labios hasta que ella se entregó completamente.

Toni cambió de posición y le puso las manos en los hombros. Él se apretó contra ella y sintió el contacto exquisito de su cuerpo. Mientras le acariciaba el cabello, Toni soltó un gemido involuntario que destruyó los últimos restos del aplomo de Steel.

La deseaba con todas sus fuerzas. Deseó tumbarla allí mismo, sobre las losetas del patio, bajo las estrellas. Deseó hacerle el amor en aquella oscuridad de terciopelo hasta que la mente de Toni se vaciara de todo pensamiento o imagen que no fuera él. Deseó poseerla por completo; hacerla enteramente suya.

La lengua de Toni se sumó a la exploración de Steel y jugueteó en el interior de su boca, aumentando la agonía. El beso se había convertido, por sí mismo, en una consumación sexual. El corazón de Steel latía con la fuerza de un martillo neumático.

Incapaz de refrenarse, la apretó contra una de las paredes de la casa.

Entonces, empezó a sonar su teléfono. Una y otra vez, tan insistente que terminó por destrozar la magia.

Steel se quedó helado.

Se apartó de ella un poco y se llevó la mano al bolsillo, pero solo para apagar el móvil.

Toni se llevó las manos a las mejillas, atónita. Después, alcanzó el pomo de la puerta de la cocina y se giró para entrar en la casa.

Steel no la detuvo. Se quedó en el patio un momento, preguntándose qué diablos había sucedido. Estaba asombrado por la intensidad de su deseo y de la reacción en cadena que había provocado. Lejos de ser un beso de buenas noches, aquel beso se había convertido en un ejercicio de seducción absoluto.

Pero no sabía quién había seducido a quién.

Sacudió la cabeza y pensó en la cara de espanto de Toni cuando entró en la casa. Era evidente que se sentía mortificada.

Se maldijo a sí mismo, incapaz de creer lo que

había hecho. Toni George era una de sus empleadas. Y él acababa de romper una de sus normas más importantes.

Gimió, se pasó una mano por el pelo y se preguntó cómo iban a trabajar juntos después de aquello. Además, no la podía despedir. Ella necesitaba el trabajo. Lo necesitaba por las deudas de su difunto esposo y lo necesitaba para empezar una nueva vida con sus hijas.

Lamentó no haberlo pensado mejor antes de besarla. A fin de cuentas, Toni le había dicho que no quería un hombre en su vida.

Respiró hondo e intentó calmarse. Se había portado de forma extraordinariamente irracional y poco profesional; pero pensándolo bien, solo había sido un beso. Si dejaba claro que no volvería a suceder, podrían olvidarlo y seguir adelante.

Se había dejado llevar por la noche de verano, por la cena, por el vino y por la luz de la luna. Se habían encontrado en un momento vulnerable para los dos y se habían dejado llevar sin darse cuenta de lo que hacían. No tenía tanta importancia.

Pero en cualquier caso, Toni era algo más que uno de sus empleados; era una empleada extraordinariamente importante para él. No podía arriesgarse a perderla. Tendría que responsabilizarse de lo sucedido y asegurarle que no volvería a ocurrir, que jamás volvería a ponerle un dedo encima.

Tendría que prometérselo.

Toni estaba esperando en la cocina cuando Steel entró en la casa. Si hubiera sido posible, se habría escondido en algún agujero oscuro. No se había sentido tan avergonzada de sí misma en toda su vida.

Él le había dado un beso de buenas noches, un simple beso de despedida, y ella se había arrojado sobre él y prácticamente lo había devorado.

Steel no había hecho nada por romper el contacto. Se dejó llevar más que gustoso, pero Toni se sentía responsable de todas formas porque sabía que ningún hombre se habría resistido a semejante tentación.

No podía creer lo que había hecho. Nunca se había portado de ese modo. Ni con Richard ni con ninguno de sus novios anteriores.

Lo miró a los ojos, sin saber qué decir. Las mejillas le ardían y las manos se le habían quedado tan frías como un témpano.

—Ha sido imperdonable —declaró él.

Toni pensó que se refería a ella y su corazón estuvo a punto de detenerse. Pero sus palabras siguientes la sacaron del error.

—Quiero que sepas que no volverá a ocurrir, Toni. Te doy mi palabra. Lo único que puedo decir en mi defensa es que no esperaba perder el control de ese modo. Cuando te he sentido entre mis brazos... no sé, jamás había sentido nada tan intenso y tan embriagador. Pero no lo digo como excusa. Solo pretendo explicar mi comportamiento.

—No ha sido culpa tuya, Steel. Yo...

—Ha sido culpa mía —insistió él.

Steel parecía tenso y preocupado, pero Toni no se sintió mejor por ello. Era una mujer con experiencia sexual; una mujer adulta y con hijos. Y sin embargo, en ninguna de sus relaciones anteriores había sentido una pasión tan ardiente como la de aquella noche, con un simple e inocente beso.

–No, Steel. Yo no debería haber...

Steel la interrumpió de nuevo.

–Puedes estar segura de que no se volverá a repetir. No quiero perderte, Toni. Eres una diseñadora de interiores magnífica, que puede llegar muy lejos. No voy a permitir que mi estupidez se interponga en tu camino –afirmó–. Pero tendremos que trabajar juntos muchas veces... ¿crees que serás capaz de olvidar este error y seguir adelante como si no hubiera pasado nada?

«Error». Eso era lo que había sido, se dijo a sí misma. Un error que lamentaban los dos.

En los ojos de Toni brilló el enfado. Y sus palabras sonaron con acidez y frialdad:

–Por supuesto que sí. No ha sido tan importante. Solo ha sido una de esas cosas que pasan de vez en cuando, después de un día de trabajo agotador y de tomar algunas copas de más.

El tono de Toni disgustó profundamente a Steel, pero lo disimuló.

–No, a mí no me pasan esas cosas. Nunca mezclo el trabajo con el placer. Esta la primera vez que me ocurre.

Ella asintió.

–Da igual. Ya está olvidado.

–Gracias.

–Te acompañaré a la salida.

Toni le abrió la puerta de la casa y Steel pasó a su lado en silencio. Pero antes de dirigirse al coche, la miró con intensidad y dijo:

—Da las gracias a tu madre por la cena. Tienes una familia maravillosa.

Ella sintió el extraño deseo de llorar. Se había quedado sin palabras y solo pudo asentir y sonreír débilmente.

Él la miró unos segundos más.

—Buenas noches, Toni.

Después, dio media vuelta y se marchó.

Capítulo 6

PODRÍAS denunciarlo por acoso sexual. Para él, un par de millones no son nada; pero tú necesitas el dinero... Golpea donde más le duele, Toni. En su cartera.

Toni miró a su mejor amiga, sin saber si hablaba en serio o estaba bromeando.

Poppy era una mujer llenita, de una belleza natural que no debía nada a los cosméticos, y tenía un gran sentido del humor. Se habían conocido durante las clases de preparación del parto y, desde entonces, eran inseparables.

Además, Poppy vivía cerca de la casa de los padres de Toni y su hijo mayor y las gemelas iban a estudiar en el mismo colegio, de modo que su relación se había estrechado un poco más. De cuando en cuando, Poppy le echaba una mano con las niñas.

–Ya te he dicho que, desde el lunes, se ha portado como un perfecto caballero –declaró Toni en voz baja–. Y en cuanto a lo que dices del acoso sexual, me temo que la culpa fue más mía que suya.

Toni miró por la ventana de la cocina de su amiga. Las gemelas estaban jugando en el jardín con el hijo mayor de Poppy.

–Está bien, no insistiré. Pero quiero que me

cuentes todos los detalles jugosos de vuestra relación... ¿Ese Steel es tan atractivo como dices?

Poppy se inclinó hacia delante y apoyó los codos en la mesa, donde estaban tomando café y un poco de tarta.

Toni sonrió con ironía.

–Mira que te gustan los detalles...

–Me encantan –admitió Poppy.

La amiga de Toni se llevó una mano a su abultado vientre. Estaba esperando otro hijo, que sería el cuarto tras Nathan, David y Rose. Ya sabía que iba a ser una niña y tanto ella como Graham, su esposo, estaban encantados.

–Además, no veo por qué le das tantas vueltas al asunto –continuó Poppy–. Si él te gusta y tú le gustas, ¿dónde está el problema? Eres una mujer libre, Toni. Y sufriste tanto con Richard que un poco de sexo podría ser la terapia que necesitas.

Toni miró a Poppy con dureza.

–En primer lugar, yo no le gusto especialmente. Ya te he dicho que fue más culpa mía que suya –repitió.

–¿En serio? –preguntó, incrédula.

–En serio. Pero por otra parte, olvidas que soy una viuda con dos hijas y que no estoy acostumbrada a acostarme con desconocidos.

–Bueno, no se puede decir que Steel Landry sea un desconocido. Trabajas para él y ya ha cenado contigo y con tus padres.

–En efecto, trabajo para él. Steel es mi jefe –le recordó.

–¿Y qué? Yo no olvidaré nunca la aventura apasionada que mantuve con cierto ejecutivo... hay algo extraordinariamente excitante en hacer el amor en un despacho.

Toni intentó no reír.

—Esto es distinto, Poppy.

—Está bien, hablemos como mujeres adultas. Os besasteis. Ni más ni menos. Pero besarse no es precisamente una locura desenfrenada... os besasteis y le hiciste saber que te gustaba. ¿Dónde está el problema? Seguro que le encantó. No es como si le hubieras azotado y amordazado, ¿no te parece?

Toni rompió a reír. Poppy siempre lograba que se sintiera mejor.

—Él ya sabía lo de Richard. Ahora ha conocido a las niñas, se ha dado cuenta de que no estás buscando una aventura y, sencillamente, ha empezado a marcar las distancias porque es lo más caballeroso —continuó Poppy—. ¿Es que no te das cuenta? Te respeta como mujer y como madre.

—¿Tú crees?

—Claro que lo creo. Y por si eso fuera poco, tienes un trabajo maravilloso con un hombre muy atractivo que te admira profesionalmente y que te ha dado su palabra de que no te tocará otra vez. No sé de qué te quejas. Tienes todo lo que podías desear. Relájate y disfruta de tu trabajo, Toni... porque tu trabajo te gusta, ¿verdad?

—Lo adoro —le confesó.

Toni decidió que había llegado el momento de cambiar de conversación. Apreciaba el interés de Poppy y sus consejos, pero ni siquiera los consideraba necesarios; a fin de cuentas, no tenía que trabajar todos los días con Steel.

Sabía que se estaba portando de forma irracio-

nal. Lo había sabido desde que llegó el martes al
despacho, sin saber qué esperar, y Steel se compor-
tó con toda normalidad, como si no hubiera ocurrido nada, como si los sucesos de la noche del lunes,
en la casa de sus padres, hubieran sido un sueño.

Pero no eran un sueño.

Steel había despertado emociones que Toni creía
dormidas. Con aquel beso, había abierto la caja de
Pandora. Y ella se encontraba ahora en mitad de
ninguna parte, atrapada entre el deseo y su empeño
en llevar una vida tranquila y segura, lejos de Steel,
lejos de los hombres y de la pasión amorosa.

Quería seguir en su mundo. Un mundo impene-
trable que solo habitaban sus hijas y ella.

Durante los dos últimos años de su matrimonio,
Toni nunca sabía lo que iba a pasar cuando Richard
volviera a casa. A veces se cerraba sobre sí mismo
y no quería saber nada ni de ella ni de las niñas. A
veces se mostraba hostil y Toni y las pequeñas no
tenían más remedio que alejarse de él. No se comportaba de forma violenta, pero de vez en cuando
perdía los estribos y la tensión se volvió insoporta-
ble.

En aquellos días, Toni tomó la decisión de no
volver a poner a las niñas en una situación tan difícil. No permitiría que una cuarta persona destruyera
su hogar. Amelia y Daisy eran todo lo que importaba.

El resto del día transcurrió entre conversaciones
y juegos de niños. Cuando por fin llegó el momento
de marcharse, Poppy las acompañó a la salida y
abrazó a su amiga con más fuerza de lo habitual en
ella.

–Sé que lo has pasado mal y que todavía tienes que pagar las deudas de tu difunto esposo, pero solo tienes treinta años, Toni. En algún lugar, ahí afuera, hay un hombre que te está buscando. Un hombre que te quiere y que será bueno con tus hijas. No te encierres en ti misma. No te niegues el futuro.

Toni le devolvió el abrazo y se quedó con ganas de decirle que no la conocía tanto como creía y que, en todo caso, su experiencia con el amor era muy diferente. Poppy y Graham se amaban desde el principio y estaban felizmente casados; en cambio, ella había sufrido un matrimonio sin amor con un hombre adicto al juego que había puesto en peligro su supervivencia y la supervivencia de sus pequeñas.

No se daba cuenta, pero estaba amargada y resentida con los hombres en general.

Durante el camino de vuelta, Amelia se mostró extrañamente silenciosa. Toni le puso una mano en la frente, temiendo que tuviera fiebre, pero se encontraba bien. Ya de noche, cuando las había puesto en la cama y se disponía a leerles un cuento, Amelia declaró:

–Nathan ha dicho que, si pierdes a tu papá, puedes tener otro. Me ha dicho que su amigo Archy ya ha tenido dos.

Toni hizo un esfuerzo y mantuvo la calma.

–Pero nosotras estamos bien como estamos, ¿no? Os gusta vivir con los abuelos... y nos divertimos mucho.

Amelia lo pensó antes de volver a hablar.

–Pero no es lo mismo que tener un papá. Nathan tiene uno y, como tiene uno, también tiene dos abuelos más. No es justo, mami.

–Ya te he explicado que los padres de tu papá murieron antes de que nacierais.

–Sí, dijiste que eran muy viejos –intervino Daisy.

–Exactamente, cariño.

Amelia siguió en sus trece.

–¿Por qué no podemos tener otro papá? Un papá como el hombre de acero... A Daisy y a mí nos gusta mucho. Es muy simpático.

–Está demasiado ocupado para ser padre.

–Papá estaba muy ocupado siempre y era nuestro papá de todas formas –insistió Amelia–. ¿Verdad, Daisy?

Daisy asintió.

–Pero no querríais tener otro padre que no os viera nunca... –dijo Toni, intentando ser razonable–. Sin duda alguna, preferiríais uno que pudiera jugar con vosotras y llevaros de vacaciones, ¿no os parece?

Amelia no se dejó convencer.

–Supongo que sí, pero el hombre de acero nos gusta a las dos.

Toni sonrió con debilidad.

–Bueno, no penséis ahora en eso. Nos tenemos las unas a las otras, y eso es lo único que importa –dijo.

–Yo también quiero un papá –afirmó Daisy en defensa de su hermana–. Uno de verdad, como el de Nathan.

Toni empezó a perder la paciencia.

–Quién sabe lo que el futuro nos deparará... De momento, estamos nosotras y los abuelos. Y se me acaba de ocurrir que mañana podríamos ir de picnic o ir a esa piscina que tanto os gusta, la de los toboganes gigantes. Hasta podríamos llamar a Poppy para ver si Nathan y David quieren acompañarnos.

–¡Sí, sí, sí! –exclamaron las pequeñas al unísono.

Cuando se quedaron dormidas, Toni las estuvo observando durante un rato. Sabía que, algún día, sus hijas querrían saber por qué no tenían padre. Pero no esperaba que quisieran saberlo tan pronto.

Se acercó a la ventana y miró al exterior. Aún no había anochecido. Sus padres estaban sentados en el patio, leyendo y tomando un café.

Mientras los observaba, su padre se inclinó sobre Vivienne y le acarició mejilla. Toni sintió una punzada de dolor en el pecho.

Se apartó de la ventana al borde de las lágrimas, dominada por la tristeza. Nunca se había sentido tan sola y tan perdida. De repente, le parecía que su vida carecía de sentido y que se iba a difuminar en un sinfín de días tan vacíos como aquél.

Entonces, Daisy cambió de posición y murmuró en sueños:

–Mami...

Toni se giró y las miró.

Amelia y Daisy eran la alegría de su vida. Estaba encantada de que fueran felices y de que vivieran seguras. Pero las cosas habían cambiado y ya no le parecía suficiente. Necesitaba algo más. Mucho más.

La cara de un hombre, de ojos azul plateado, se formó en su mente.

Ella sacudió la cabeza y se dijo que Steel Landry no era el motivo de su sentimiento de soledad. No podía serlo. Trabajaba para él. Era su empleada. Debía olvidar lo sucedido en el patio de la casa.

Poppy tenía razón. Tenía todo lo que podía desear, incluido un trabajo maravilloso que le gustaba mucho.

Debía relajarse y dejarse llevar por la corriente. Se había esforzado mucho por conseguir una buena vida para ella y para sus hijas. No era la vida que había imaginado en su adolescencia, una vida de amor, con un hombre que la quisiera, pero era mucho más de lo que muchas mujeres tenían.

Acarició a sus hijas y salió de la habitación, harta de compadecerse.

Costara lo que costara, saldría adelante.

Su determinación sufrió una prueba muy dura durante las semanas y los meses siguientes. Trabajar con Steel resultó ser una experiencia apasionante, estimulante y agotadora, pero jamás aburrida.

Ahora entendía que muy pocos de los empleados de Steel Landry lo abandonaran. Aunque fuera un jefe duro, nunca exigía nada a sus subordinados que no se pudiera exigir a sí mismo. De hecho, trabajaba más que nadie. Y era enormemente generoso con las vacaciones, los descansos y los salarios de los miembros de su plantilla.

El caso de la esposa de Bill no era un hecho aislado. Steel esperaba que todo el mundo se entregara profesionalmente al cien por cien, pero se preocupaba por los demás y no los trataba como si fueran máquinas.

En cuanto a la sustitución de Joy, había sido un éxito. Fiona, la secretaria nueva, era una mujer encantadora y eficaz, de cuarenta y tantos años, que se había convertido en el pilar de su familia desde que su esposo enfermó de esclerosis múltiple y tuvo que sacarlo adelante a él y a sus dos hijos, que ya estaban en la universidad.

Amelia y Daisy habían empezado las clases en el colegio y de vez en cuando le contaban historias de Tyler, que seguía siendo tan terrible como siempre.

La vida seguía tranquila . O habría seguido tranquila si lidiar con Steel no se hubiera convertido en una batalla tan diaria como difícil para ella. Al fin y al cabo, su deseo no había disminuido desde que se besaron en el patio. A veces, cuando llegaba al despacho por la mañana y lo veía, se quedaba sin aire y era incapaz de pensar.

Una de esas mañanas, a principios de diciembre, estaba pensando que todo habría sido distinto si su jefe no hubiera tenido tanto poder físico sobre ella. Ya habían transcurrido seis meses desde que la contrató, pero era como si no hubiera pasado ni un minuto. Cuando lo miraba, su corazón se aceleraba y la boca se le hacía agua.

Y no podía hacer nada por evitarlo. De hecho, Steel Landry le gustaba cada día más. Adoraba su sentido del humor, profundamente irónico, y adoraba su capacidad aparentemente ilimitada de reírse de sí mismo.

Echó el sillón hacia atrás y contempló el patio de la casa, que todavía mostraba las huellas de la helada de la noche.

Se llevó la taza de café a los labios y bebió un poco. La semana anterior habían terminado el proyecto de los apartamentos. Steel ya tenía una lista de multimillonarios dispuestos a comprarlos y, por

supuesto, ya habían empezado a trabajar en el proyecto siguiente.

Esta vez, se trataba de convertir un viejo y enorme hostal que estaba a la orilla del río en cuatro pisos de tres dormitorios cada uno, un aparcamiento y
mil metros cuadrados de jardines rodeados por un
muro de dos metros y medio de altura.

Pero aquel día no iban a trabajar en el proyecto
nuevo. Steel le había dicho que irían a visitar una
propiedad en las afueras de Londres, a medio camino de Oxford.

–¿Es una obra como las anteriores? –preguntó
Toni al saberlo.

–No exactamente. Quiero que lo examines con
una mente abierta y que me des tus ideas al respecto –contestó él.

Habían mantenido la conversación en el despacho de Steel, como tenían por costumbre al final del
día. Al principio, solo se trataba de tomar un café y
de charlar sobre los problemas o las dificultades
que hubieran surgido en el trabajo; pero más tarde,
en algún momento entre junio y diciembre, se transformó en otra cosa.

Toni frunció el ceño. A decir verdad, no sabía en
qué se había transformado.

De repente, un petirrojo se posó en el alféizar de
la ventana. Toni lo miró, pero el pájaro siguió allí,
como si su presencia no le preocupara en absoluto.

Ella volvió a pensar en Steel y se preguntó por
qué le resultaban tan inquietantes sus reuniones
vespertinas. Steel se había portado como un caballero desde el incidente del patio. La trataba como
habría tratado a un hombre.

Quizás fuera por el hecho de que sus conversaciones eran las más sinceras y profundas que había mantenido con nadie. O por el hecho de que él estaba más relajado y diez veces más atractivo al final del día que al principio. Generalmente, se quitaba la corbata y se desabrochaba un par de botones de la camisa. No parecía ser consciente del efecto que su masculinidad y su naturalidad tenían en ella.

Terminó el café y fregó la taza, junto con algunos cacharros de la noche anterior. La cocina de sus padres, muy pequeña, ni siquiera tenía lavaplatos.

Se duchó y se vistió antes de despertar a las gemelas y de llevar el desayuno a sus padres. Una hora más tarde, había dejado a las niñas en el colegio y ella se dirigía a la oficina bajo un cielo absolutamente azul, sin una sola nube.

Acababa de llegar al despacho cuando Steel la llamó. Era evidente que había llegado pronto y que había estado adelantando el trabajo.

—No te quites el abrigo. Salimos enseguida —le informó.

—De acuerdo.

Toni no pudo decir nada más. Como tantas otras veces, se estremeció cuando Steel se pasó una mano por el pelo. Era un gesto habitual en él. Tenía el cabello rizado y se le caía sobre la frente aunque se lo dejara muy corto.

También tenía la costumbre de entrecerrar los ojos cuando estaba concentrado, de tocarse la oreja izquierda cuando estaba pensativo y de sonreír de medio lado, encantadoramente, cuando algo que no debía ser gracioso, lo era.

Toni había aprendido mucho sobre los tics de

Steel. Había aprendido mucho sobre él. Pero seguía sin saber nada de su vida amorosa, porque jamás hablaba de ella.

Por supuesto, los empleados de la empresa eran menos discretos. Por lo visto, su última amante, Bárbara Gonzalo, una pelirroja de cuerpo impresionante, se había presentado un día en la empresa y le había organizado un escándalo. Sin embargo, ya habían pasado varios meses desde entonces y nadie tenía noticia de que Steel se estuviera acostando con otra.

Salieron del despacho y entraron en el ascensor. Cuando cruzaron el vestíbulo, él la tomó del brazo y ella sintió un escalofrío de placer.

Eso tampoco había cambiado. Cada vez que la tocaba, se estremecía.

Ya se habían sentado en el interior del Aston Martin cuando él dijo:

—Este proyecto no se parece a los otros, Toni. Es ligeramente distinto.

Ella lo miró con interés.

—¿Distinto?

—Estoy considerando la posibilidad de comprar una casa, un lugar que no esté muy lejos de Londres y donde pueda descansar.

Toni se llevó una sorpresa.

—No tenía ni idea...

Él arrancó el vehículo.

—Supongo que quieres mi opinión al respecto, ¿verdad? —continuó Toni.

—Exacto. Necesito una opinión femenina y tú eres una mujer.

Toni se sonrió para sus adentros. Al menos había notado que lo era.

–Además, tú me puedes ofrecer un punto de vista distinto y una perspectiva creativa –declaró Steel–. Me vendrá muy bien si decido comprar la casa.

Ella asintió de nuevo.

–Comprendo.

Toni pensó en el ático de Steel, un piso tan moderno como frío, y supuso que la casa no le iba a gustar. Además, no sabía lo que su jefe había querido decir al afirmar que quería un sitio para descansar. Si necesitaba un nido de amor para sus amantes, prefería no tener nada que ver con el asunto.

Sin embargo, contuvo su acceso de celos y preguntó:

–¿Ya has visto la casa?

–Le eché un vistazo hace unos días.

Al salir de Londres, Toni se relajó y se dedicó a disfrutar del paisaje. Le encantaba el campo. Sus abuelos paternos y maternos habían vivido en Hertfordshire y todavía se acordaba de las maravillosas vacaciones de verano de su infancia.

Llevaban un buen rato de viaje y ya habían dejado atrás varios pueblos encantadores cuando Steel susurró:

–No falta mucho. La casa está en las afueras de un pueblo, pero hay un supermercado a quince kilómetros y está bien comunicada.

Toni asintió.

Habían hablado muy poco durante el trayecto y, por algún motivo, el silencio la estaba poniendo nerviosa.

No era solo porque estuviera a solas con él, aunque su cercanía la afectaba siempre; era porque Steel parecía distinto aquella mañana. Con el paso del tiempo, Toni había aprendido a reconocer sus humores. Pero aquel era nuevo.

Steel tenía más disfraces que un camaleón.

–¿Qué ocurre? –preguntó él mientras tomaba una carretera secundaria.

Ella lo miró.

–¿A qué te refieres?

–Estabas frunciendo el ceño, Toni.

–¿Ah, sí?

–Sí.

–No me había dado cuenta...

–¿En qué estabas pensando?

Toni lo conocía lo suficiente como para saber que detectaba las mentiras y que insistiría hasta obtener una respuesta, de modo que dijo la verdad.

–Estaba pensando que esta mañana no pareces el mismo de siempre.

Él sacudió la cabeza y sonrió.

–¿En serio? ¿Y cómo es el Steel de siempre? –contra atacó.

–¿Cómo?

–Vamos, Toni... seguro que sabes describirme a estas alturas.

La conversación se estaba desarrollando por cauces que disgustaban a Toni. Por suerte, el sarcasmo de Steel nunca duraba demasiado tiempo.

–Ah, comprendo; te parece una pregunta demasiado personal –continuó él–. Está bien, si te incomoda tanto...

Toni tuvo la sensación de que se estaba riendo de ella.

–No me preocupa que sea demasiado personal

para mí, sino que mi respuesta te lo parezca a ti –declaró.

Steel sonrió de oreja a oreja.

–*Touché* –dijo–. ¿Insinúas que todavía no me he redimido por lo que pasó entre nosotros hace seis meses?

Toni se preguntó si estaba coqueteando con ella, pero no le pareció posible. Sin embargo, su corazón se había acelerado tanto que casi podía oír los latidos.

–No sé lo que quieres decir.

–Siempre dices eso cuando estás mintiendo –declaró él con normalidad, sin intención crítica–. Y te frotas la nariz cuando algo te entusiasma y te muerdes el labio inferior cuando escuchas atentamente.

Ella le lanzó una mirada intensa y llena de perplejidad.

Se había quedado sin palabras.

–Ah, y tu voz cambia de tono cuando hablas de tus hijas –insistió su jefe.

Steel detuvo el vehículo y apagó el motor.

–Ya hemos llegado. Voy a abrir la verja. Se supone que las puertas son automáticas, pero no funcionan. Es una de las cosas que tendré que arreglar si decido comprar la casa.

Steel salió del coche y abrió las enormes puertas de hierro forjado, abiertas en mitad de un muro de ladrillo.

Toni lo miró con confusión.

Tras volver al vehículo, Steel condujo por un camino largo y sinuoso que avanzaba entre arbustos y árboles.

Por fin, la casa apareció a unos cien metros de distancia. Era una vieja mansión de piedra, de color miel, completamente distinta a lo que Toni había imaginado.

Su cara debió de mostrar lo que pensaba porque Steel susurró:

–¿Sorprendida?

–Sí, francamente, sí.

–¿Qué esperabas? –preguntó–. No, no, deja que lo adivine... esperabas un edificio nuevo, moderno y sin alma.

Ella sacudió la cabeza.

–No, ni mucho menos –dijo Toni–. Te aseguro que no esperaba nada en absoluto, ni en un sentido ni en otro.

–Mentirosa.

Toni quedó encantada con la paz del lugar y por el canto de los pájaros en los árboles. El aire, frío y fragrante, no se parecía nada al ambiente contaminado de Londres. Todo era precioso, el campo inglés en estado puro.

–¿De qué época es?

–¿Te refieres al edificio?

–Sí.

–Del siglo XVII. Al menos, la parte original... porque tengo entendido que lo ampliaron más tarde. Tiene una hectárea de terrenos y unas vistas maravillosas en la parte de atrás. Incluso tiene un bosque propio, con tejones.

–Vaya...

Steel volvió a sonreír.

–Parece que te gusta. ¿Lo apruebas?

–¿Como no me iba a gustar? ¡Es precioso!

–Bueno, resérvate tu opinión de momento. Aún no has visto el interior. El lugar es perfecto, pero la casa necesita una reforma a fondo. La cocina es muy pequeña y todo está bastante destartalado. Tengo algunas ideas al respecto, pero me gustaría conocer las tuyas.

Toni asintió.

—Por supuesto.

Salieron del coche. En cuanto entraron en la casa, Toni entendió lo que Steel había querido decir.

Efectivamente, la cocina era demasiado pequeña; y aunque la mansión era enorme y tenía muchas habitaciones, solo había un cuarto de baño en sus dos pisos. Era obvio que no la habían reformado desde hacía décadas.

Cuando salieron a la parte de atrás, Toni descubrió que la afirmación de Steel sobre las vistas se había quedado corta. Hasta ese momento, no se había dado cuenta de que la mansión se alzaba en lo alto de una colina. El terreno caía suavemente entre flores y árboles hacia un bosque frondoso.

—Es espectacular, ¿verdad?

Toni se había quedado junto a las puertas dobles del salón, que daban a una terraza que había visto tiempos mejores. Entre la belleza del lugar, la belleza del día y la cercanía física de Steel, se sintió embriagada.

—Desde luego que sí.

—¿Me imaginas en este lugar? —preguntó Steel de repente.

Ella tardó en responder.

—Sí, pero...

—¿Pero? ¿Es que siempre tiene que haber un pero? —pregunto, mirándola a los ojos.

–Es una casa muy grande para una sola persona, ¿no te parece? Si solo quieres un sitio para descansar, quizás sería mejor que compraras algo más pequeño... o un piso más cerca de la ciudad.

Steel asintió.

–Ya, pero ¿me imaginas aquí? –insistió.

La pregunta la habría sorprendido en otras circunstancias, pero Toni pensó que era perfectamente adecuada para el caso. Aquel lugar era tan bello y tan especial que no servía para cualquiera.

–Sí, te imagino aquí. Además, es evidente que te has enamorado de la propiedad...

Steel tardó unos segundos en hablar.

–Bueno, nunca he estado enamorado, pero creo que sí; creo que me he enamorado de la casa –admitió.

–En tal caso, los arreglos que necesita son lo de menos –observó–. Por una vez, deberías seguir los dictados de tu corazón.

–Justo lo que yo había pensado.

Steel admiró los alrededores. Sus pensamientos no se referían precisamente a la propiedad, sino a Toni George. En solo seis meses, había cambiado su vida. Y ella ni siquiera se había dado cuenta.

Toni era distinta a las demás. Londres estaba llena de mujeres y él había llevado una vida amorosa bastante activa, pero Toni no se parecía a ninguna de las mujeres con las que había salido. Y no sabía por qué, en qué consistía la diferencia. Al fin y al cabo, también había muchas mujeres tan inteligentes, osadas y encantadoras como ella. Mujeres que, por otra parte, no tenían dos hijas ni estaban viudas.

Al pensar en las pequeñas, se acordó de las tarjetas que le habían enviado para darle las gracias por el regalo de cumpleaños que Steel les había hecho. Toni se quedó tan sorprendida y tan asustada con el gesto de sus hijas que él redobló sus esfuerzos por mantener las distancias con ella.

Pero no sirvió de nada. Cuanto más la conocía, más la quería conocer.

Normalmente, su interés por las mujeres decaía cuando se acostaba con ellas. Ahora, en cambio, se enfrentaba a la difícil circunstancia de querer a una mujer que no lo quería y que no tenía intención de permitir que un hombre entrara en su vida.

Steel sonrió para sus adentros. Le parecía irónico que estuviera atrapado en su propia trampa. Pero no estaba dispuesto a rendirse. Sabía que Toni se sentía atraída por él y sabía que podía conseguir su amor.

Se había mostrado paciente durante seis largos meses. Se había dedicado a preparar el momento y el momento había llegado al fin.

Ya no le importaba su norma de no mezclar los negocios y el placer.

La miró, extendió un brazo y le acarició el cabello. Toni respiró hondo. Indudablemente, le gustaba. Pero Steel no pretendía acostarse con ella. Quería mucho más. Quería que Toni fuera suya.

—¿Nos vamos a cenar? Así podrás contarme algunas de esas ideas que te están rondando por la cabeza. Vi un restaurante de aspecto agradable en el último pueblo por donde pasamos, antes de tomar el camino de la mansión... que, por cierto, se llama el Camino de la Urraca.

—¿En serio?

–Sí. Es un nombre muy apropiado para una casa familiar, ¿no crees?

Ella se encogió de hombros.

–No sé qué decir. Las urracas son córvidos. Pueden llegar a ser bastante agresivas.

–Tonterías; se limitan a hacer lo necesario por sobrevivir. Además, ya sabes lo que dicen, que en el amor y en la guerra vale todo.

–Esa es una respuesta muy masculina.

–No me extraña, porque soy un hombre. Estoy seguro de que una mujer tan perspicaz e inteligente como tú, se habrá dado cuenta –ironizó él–. Soy un hombre y no me voy a disculpar por serlo.

Steel le abrió las puertas del salón.

Cuando Toni pasó a su lado, notó que estaba enfurruñada y sonrió.

Sabía que conquistar su corazón iba a ser difícil, porque aquella mujer tenía más pinchos que un cactus. Pero estaba decidido a quitarle los pinchos uno a uno, tranquilamente, hasta obtener lo que quería.

Hasta conseguirla a ella, entera.

En cuerpo y alma.

Capítulo 7

EL restaurante era un viejo pub de vigas de madera y objetos de latón. Toni se dio cuenta del interés que Steel despertó en las dos camareras, de pechos grandes, que prácticamente se pelearon por servirle cuando la dejó en una mesa, junto a la chimenea, y se acercó a la barra para pedir las bebidas.

Un par de minutos después, volvió con una copa de vino para ella, un zumo de naranja para él y dos menús.

–Hoy te he sorprendido, ¿verdad?

Ella lo miró con inquietud.

–Supongo que sí.

–Pues te voy a dar otra sorpresa. He decidido que mañana no vamos a trabajar.

–¿Cómo? –preguntó, desconcertada–. ¿A qué viene eso?

–A que no todos los días me compro una casa. Quiero celebrarlo –declaró con una sonrisa de tiburón–. Además, me gustaría pensar un poco antes de hacer una oferta a su propietario actual. En el despacho tengo demasiadas distracciones y no me concentro bien.

Toni se relajó un poco.

–Ah, comprendo. Te refieres a que no vamos a

trabajar en los proyectos de la empresa, sino con la mansión.

–Si prefieres verlo desde ese punto de vista...

Ella frunció el ceño.

–Steel...

–Venga, echa un vistazo al menú y decide lo que quieres comer. Después, me contarás tus ideas sobre la casa.

Él alcanzó el segundo menú y fingió estar sumido en su lectura. Solo alzó la cabeza cuando una de las camareras se acercó a la mesa con una libreta y un bolígrafo. Steel le había gustado tanto que solo le faltaba babear.

Cuando les tomaron nota, él miró a Toni.

–¿Y bien? Dime qué se te ha ocurrido.

Toni no tuvo ocasión de responder, porque Steel añadió:

–Red Rose. El personaje de aquel cuento... ¿Nadie te ha dicho nunca que te pareces muchísimo a Red Rose?

Ella lo miró con pasmo, pero hizo caso omiso de la pregunta.

–La cocina es lo primero que debemos arreglar; es minúscula y está terriblemente anticuada; te recomiendo que tires las paredes que dan al antiguo cuarto de lavar y a la salita pequeña. Así tendrás espacio de sobra... yo pondría encimeras de granito y un suelo de baldosas, porque quedarían bien con las vigas vistas del techo. Además, te quedaría sitio para una mesa y unas cuantas sillas.

Steel asintió.

–Sigue.

–El salón está bien; yo lo dejaría así. Pero hay

un par de habitaciones en el piso inferior que son demasiado pequeñas... no necesitas una salita para desayunar y otra para tomar el té; no cuando ya tienes el comedor, el despacho y una sala de estar. Si sacrificas la primera, la que está junto a la entrada, podrías ampliar el tamaño del vestíbulo; y en cuanto a la segunda, podría utilizarla como guardarropa.

–Ya, pero ¿se podría hacer sin alterar la estructura del edificio?

Toni asintió, animada.

–Por supuesto. Y me acabo de acordar de un proveedor que tiene los suelos perfectos para la entrada...

–¿Y qué hacemos con el piso de arriba?

–Bueno, si sacrificas dos de los dormitorios y los conviertes en cuartos de baño, te quedarían cuatro suites bastante amplias –respondió–. El dormitorio principal ya es muy grande, y aún tendrías la habitación que está junto al cuarto de baño actual. En conjunto, serían seis suites perfectamente equipadas.

–Estoy de acuerdo –dijo Steel, que sonrió–. He acertado al traerte.

–Él salón quedaría mejor si sustituyeras la puerta que tiene por una doble. Pero solo es una sugerencia; como ya te he dicho, está bien como está. Lo más importante de todo es conseguir un ambiente agradable, que mantenga el espíritu de la época en que se construyó la mansión y no resulte agobiante.

–¿Alguna idea al respecto?

–Las ventanas con parteluz son muy bonitas, pero no dejan pasar tanta luz como las modernas...

para equilibrarlo, sugiero que utilicemos telas y tapicerías de colores claros y que quitemos las alfombras actuales, que son demasiado oscuras. He comprobado que el entarimado es precioso; solo hay que rasparlo y barnizarlo.

Toni dejó de hablar. Se había quedado sin aire.

Cuando miró a Steel, vio que aún sonreía.

–¿Qué ocurre? –le preguntó, incómoda.

–Nada grave. Tus ideas me parecen muy buenas. Desde este momento, el proyecto es tuyo –contestó.

–¿Mío?

–Sí, desde el tejado hasta la última cucharilla de la cocina –declaró con humor–. Olvida el resto de los proyectos. Concéntrate en este. Tienes mi permiso para actuar como te parezca conveniente en todos los sentidos. Si no surge ningún problema importante que necesites consultar conmigo, no quiero saber nada de la casa hasta que esté terminada. ¿Me he explicado bien?

Ella lo miró con horror.

–Steel, estamos hablando de tu casa, del lugar donde vas a vivir. Yo no puedo tirar paredes y decorar el edificio a mi gusto... cabe la posibilidad de que el resultado te disguste.

–Lo dudo mucho. Confío en ti.

–La confianza no tiene nada que ver con esto, Steel. Es una cuestión de gustos. El tuyo no tiene por qué coincidir con el mío –alegó.

–Pero tu gusto es perfecto, Toni.

–Sabes muy bien lo que quiero decir. Esto no es como el proyecto de los pisos de la fábrica. No puedo encargarme yo sola.

Él arqueó una ceja.

–¿Es que no eres capaz de hacer tu trabajo?

–Esto no forma parte de mi trabajo.

–Trabajas para mí como diseñadora de interiores y te he pedido que te hagas cargo de un proyecto. Es tan fácil como eso. Yo no tengo experiencia con esas cosas. No lo puedo hacer; y aunque pudiera, me resultaría muy aburrido. Tienes libertad absoluta para hacer lo que quieras. Y sin límite de presupuesto.

–Pero la casa te tiene que gustar a ti, no a mí –insistió ella–. Al menos, permíteme que te consulte sobre los muebles...

–No.

–Steel...

–Y olvídate del aspecto de mi piso de Londres. Quiero algo diferente. Como ya he dicho, esta mansión es esencialmente una casa familiar. Es evidente que yo no soy un hombre familiar, pero eso es lo de menos. Cuando la gente entre por la puerta, quiero que esté en un ambiente cálido y agradable. Mi hermana y su marido vendrán a menudo, y me gustaría que sus hijos se sintieran cómodos.

Toni intentó tranquilizarse un poco, pero le costó. Steel le había encargado un trabajo difícil, de gran responsabilidad.

–¿Qué tal está tu hermana?

–Bastante mejor, gracias.

–Ya debe de faltar poco para el parto...

Él sacudió la cabeza.

–No creas. Se suponía que sería prematuro, pero parece que el niño quiere seguir donde está –dijo con humor.

–Bueno, tu hermana tendrá más tiempo para prepararlo todo...

La camarera les sirvió la comida. El pastel de carne que había pedido estaba delicioso, pero Toni descubrió que ya no tenía hambre. Steel la había dejado completamente desconcertada con la oferta de hacerse cargo de la reforma.

«Una casa familiar».

La descripción de Steel le había parecido sospechosa. Estaba segura de que no la había definido de ese modo por casualidad. Quizás tuviera una amante secreta. Quizás fuera una casa para ella, para una mujer tan fuerte, inteligente, refinada y segura como él; para una mujer maravillosa.

Mascó la carne lentamente, pero le supo a tierra.

Estaba celosa.

Cada vez que pensaba en las amantes de Steel, se sentía ridícula. En comparación con ellas, era una mujer normal y corriente.

Apartó el plato y dejó de comer.

–¿Qué te pasa? ¿No te gusta? –preguntó Steel.

–No, es que he desayunado fuerte y no tengo hambre –mintió.

Steel arqueó las cejas.

–Si quieres otra cosa...

–No, gracias.

Steel alcanzó el plato de Toni y se sirvió todo lo que había dejado. Toni lo observó mientras devoraba la comida con un apetito aparentemente insaciable.

Una de las camareras apareció entonces y preguntó a Steel si querían beber algo más. En principio, no tenía nada de particular; pero Toni ya se había fijado en que el resto de los clientes no recibían tantas atenciones de las camareras.

Minutos después, Steel pidió un postre. Y para su sorpresa, Toni también pidió uno.

–¿No decías que no tenías hambre?

–Es que soy muy golosa –le confesó ella–. Siempre lo he sido.

–Annie es igual que tú. Cuando era pequeña, tenía que inventar mil cosas para que terminara la comida. Si había postre, no quería nada más.

–Siempre hablas de Annie como si no fuera tu hermana sino tu hija –observó.

Steel se encogió de hombros.

–Supongo que hablo de esa forma porque, en parte, es cierto. Annie quedó a mi cargo cuando nuestros padres murieron y siempre me he sentido responsable de ella.

–Debió de ser difícil para ti. Solo eras un adolescente, y tuviste que cuidar de Annie hasta que conoció a Jeff.

Él bajó la mirada y guardó silencio durante unos instantes.

–Me limité a hacer lo que debía, Toni. Además, no se puede decir que llevara una existencia monacal... me las arreglaba para poder salir con mis novias –le explicó–. Pero reconozco que me sentí liberado cuando Annie conoció a Jeff; fue como si me hubieran quitado un peso de encima.

–Lo comprendo perfectamente.

–De todos modos, nunca he lamentado aquellos días. Podría haber dejado a mi hermana con algún familiar, pero quería que estuviéramos juntos.

Toni sonrió.

–No es extraño que ahora valores tanto tu independencia.

—La valoraba —puntualizó él.

Ella se quedó helada. Había hablado en pasado. Y eso solo podía significar que estaba interesado seriamente en alguna mujer.

Se sintió como si le hubieran atravesado el pecho con un cuchillo.

Una de las camareras reapareció entonces para llevarles el café. Sin embargo, Toni agradeció su presencia porque la interrupción le dio los momentos que necesitaba para disimular su disgusto y recobrar el aplomo.

Desesperada por cambiar de conversación, decidió volver sobre Annie.

—Supongo que tu hermana y tu cuñado estarán encantados con el embarazo. ¿Ya han decidido cómo se va a llamar?

—¿A llamar?

A Toni no le extrañó que Steel reaccionara con desconcierto. A fin de cuentas, su cambio de conversación había sido demasiado abrupto.

—Sí, el hijo de Annie y de Jeff...

—Ah, eso... Ahora dicen que se llamará Charles si es niño y Eve si es niña. Pero cualquiera sabe, porque ya han cambiado varias veces de opinión. Annie es tan obsesiva que ha sopesado todos los nombres, desde la A a la Z.

—Pobre Annie. Ten en cuenta que estos meses han sido muy difíciles para tu hermana.

—¿Pobre Annie? Más bien, pobre Jeff.

—¿Por qué lo dices?

—Porque el comportamiento de las mujeres puede ser algo errático cuando están embarazadas. Jeff tiene un cerebro prodigioso, capaz de afrontar problemas científicos que al resto de los mortales nos parecen dificilísimos, pero no sabe qué hacer cuando Annie llora. Se desespera. Se hunde sin remedio.

–Parece que está muy enamorado.

Steel sonrió.

–Sí, desde luego que lo está. La adora.

Toni alcanzó la taza de café. Seguía tan preocupada por la posibilidad de que Steel estuviera saliendo con una mujer especial, que bebió sin darse cuenta de que el café estaba demasiado caliente y se quemó la lengua.

De repente, se sintió como si estuviera atrapada en una pesadilla de la que no podía escapar. Tenía miedo de perder a Steel.

Respiró hondo y logró tranquilizarse un poco.

–¿Más café?

–No, muchas gracias.

–¿Te apetece un brandy?

–Te lo agradezco, pero no me apetece –respondió, mirándolo a los ojos–. De hecho, creo que debería volver al despacho... hay un par de asuntos que debería resolver hoy mismo.

Steel asintió.

Se levantaron de la mesa y él le alcanzó el abrigo. Mientras la ayudaba a ponérselo, ella se sintió decepcionada e irritada a la vez. Decepcionada, porque Steel se había rendido con demasiada facilidad, sin intentar convencerla para que se quedara con él. Irritada, por su propia incoherencia; no se estaba comportando como una mujer adulta, sino como una adolescente caprichosa.

En el exterior hacía frío. El sol no calentaba tanto como para derretir el hielo de la noche anterior, y el suelo parecía una pista de patinaje. Toni se resbaló, pero Steel la agarró a tiempo e impidió que cayera.

De repente, se encontró apretada contra su pecho. Alzó la cabeza y lo miró con ansiedad. Quería probar sus labios otra vez. Lo deseaba con todas sus fuerzas.

Steel se inclinó sobre ella y le concedió el deseo.

La besó apasionadamente, con una alegría que no se molestó en disimular. Sus labios eran firmes y sabían a la pastilla de menta que la camarera les había dejado con el café. Introdujo la lengua en su boca, jugueteó un momento y se apartó lo suficiente para ladear la cabeza y volver a entrar en ella.

Toni se arqueó contra Steel con tal desinhibición que diez minutos antes se habría sentido avergonzada. Movía los labios de forma instintiva, intentando profundizar el beso y agarrándose a él como si se estuviera hundiendo y tuviera miedo de ahogarse.

Él llevó una mano a su nuca. Un segundo después, le soltó el moño y el cabello de Toni cayó como una cascada de seda.

Toni ya no pensaba en nada que no fuera el sabor de Steel y la sensación de estar pegada a su cuerpo. El pasado y el futuro habían desaparecido; solo quedaba el presente. Si hubiera sido posible, le habría gustado que el beso no terminara nunca, que siguieran así, abrazados, por toda la eternidad.

Pero no era posible. Al cabo de un rato, él alzó la cabeza lentamente y rompió el contacto de sus bocas, aunque sin dejar de abrazarla.

–¡Vaya! –dijo Steel.

Ella se ruborizó, aún perdida en el deseo.

La puerta del pub se abrió y oyeron voces. Toni se puso tensa.

Steel sonrió y la llevó hacia el coche sin decir una sola palabra. Cuando entraron, se giró hacia ella y la besó de nuevo, dulcemente.

–He esperado seis meses para besarte otra vez, Toni. No pienso esperar seis meses más. De hecho, seis minutos me parecerían un exceso.

–Esto no está bien, Steel –dijo ella–. No puedo...

–Claro que puedes –declaró, rechazando terminantemente su negativa–. Es lo más fácil del mundo. Fíjate.

El tercer beso fue pasión pura, justo lo que él quiso que fuera, y ella sintió su impacto en todo el cuerpo.

Sin embargo, se apartó de él. Se sentía atrapada. Quizás, por la pasión de Steel. O quizás, por su propia reacción a la pasión de él.

–Tú no lo entiendes...

–Por supuesto que lo entiendo, Toni. Créeme. Si no lo entendiera, no habría esperado seis meses por ti. Pero ya no voy a esperar más. No puedes negar que entre nosotros hay algo. No sé si estás preparada para oír esto, pero te lo voy a decir de todas formas.

Steel la miró fijamente y añadió:

–Te deseo. Me enciendes con tus ojos de terciopelo, tu piel de seda y tus suaves movimientos. Me vuelves loco.

Ella no supo qué decir.

–Quiero hacer el amor contigo. Pienso en ello todo el día y, cuando vuelvo a casa, de noche, es aún peor –continuó–. Si supieras las cosas que sueño contigo... No soporto trabajar contigo y mantener las distancias, fingiendo que solo soy tu jefe. No lo soporto porque necesito mucho más que eso.

–Yo no soy lo que necesitas –acertó a decir.

Steel suspiró.

–Sí, lo eres. De hecho, lo eres desde el momento en que te vi por primera vez.

–Eso solo es deseo, atracción sexual. Entonces ni siquiera me conocías.

–Pero ahora te conozco. Ahora sé mucho de ti y tú sabes mucho de mí. ¿Qué han significado para ti los seis últimos meses? ¿Qué han significado esas conversaciones al final del día cuando los demás se habían marchado? ¿Deseabas entrar en mi despacho y hablar conmigo? ¿Disfrutabas al descubrir cosas nuevas de mí?

Las palabras de Steel fueron una revelación para Toni. Tenía razón. No se había dado cuenta, pero todos los días, durante seis meses, había estado deseando que llegara la tarde para entrar en su despacho y hablar con él.

–¿Lo hacías a propósito? –preguntó en voz baja.

Steel volvió a sonreír.

–Te asusté mucho hace seis meses y no quería asustarte otra vez. No confiabas en mí. Incluso es posible que sigas sin confiar en mí... pero al menos hemos avanzado algo. Y no estoy hablando de deseo sexual. Sé que te gusto en ese sentido; lo sé por la forma en que respondes cuando te toco. Pero entre nosotros hay mucho más que eso.

Toni no dijo nada.

–¿Cómo me ves, Toni? ¿Qué imagen tienes de mí? Te lo pregunté antes y no respondiste.

Ella sacudió la cabeza. En silencio.

–No me cierres la puerta. Te deseo y me deseas. Nos deseamos demasiado como para poder resistirnos... A pesar de lo que ha ocurrido hoy, no quiero presionarte. Estoy dispuesto a tomármelo con calma. Pero debemos asumir lo que hay entre nosotros; debemos asumirlo y actuar en consecuencia. Eso no es negociable.

–¿Negociable? No puedes decidir por los dos.

–Por los cuatro –puntualizó él.

Toni tardó unos segundos en entender sus palabras. Se había comportado como si el mundo se limitara a Steel y a ella misma, pero él le estaba recordando que Amelia y Daisy formaban parte de la ecuación.

–Ya te he dicho que no quiero hombres en la vida de mis hijas.

–Y a mí me parece bien. Pero Amelia y Daisy saben que trabajas para mí... yo no soy un hombre cualquiera. Me aceptarán en sus vidas. Como amigo.

–¿Como amigo?

Steel sonrió una vez más.

–Exacto. Hasta que estés preparada para algo más que la amistad –respondió–. Te quiero, pero no quiero que te sientas amenazada. No quiero herirte. No quiero que nos acostemos y que después te arrepientas y te convenzas de que es culpa mía, de que yo te he seducido... y sabes que podría ocurrir con facilidad. Los dos lo sabemos.

–¿Tan irresistible te crees? –preguntó, irritada por su arrogancia.

Steel se giró y la besó de nuevo; la besó saboreando sus labios, tomándose su tiempo, asaltándola sin más. Toni se entregó a él apasionadamente. Y cuando Steel se apartó de ella, sus ojos brillaban con picardía.

–¿Lo ves? Nos dejamos llevar incluso sin intentarlo en serio –afirmó él–. Cuando te tenga desnuda en mis brazos, cuando por fin te tenga en mi cama, será lento. Te llevaré al paraíso, Toni. Eso te lo puedo prometer, mi pequeña y apasionada puritana.

Toni lo miró con perplejidad. Su mente le decía que estaba cometiendo el mayor error de su vida, que Steel era su jefe y que no se podía permitir el lujo de mantener una relación con él. Pero aquello era la culminación de todas las fantasías sexuales que había vivido durante las largas y solitarias noches de seis meses.

–No aceptaré un no por respuesta, Toni –le advirtió con suavidad–. Ya no somos un jefe y sus empleada; ahora somos amigos. Amigos, ¿lo entiendes? Esta vez, estoy dispuesto a tomar la decisión por los dos; pero el paso siguiente lo tendrás que dar tú.

–Los amigos no se besan de ese modo, Steel. Si vamos a ser amigos, ¿tendremos una relación... platónica?

–De ninguna manera, cariño.

Capítulo 8

SALIÓ mucho mejor de lo que Steel había esperado.

Tras la conversación en el coche, dieron una larga vuelta por los alrededores de la mansión. Cuando se cansaron de explorar la zona, se detuvieron a cenar en un hotel imponente. Toni estaba preocupada por sus hijas, pero llamó a sus padres para que fueran a recogerlas al colegio y se tranquilizó rápidamente. De hecho, estuvo más tranquila y relajada que nunca durante la cena.

Sin duda alguna, podría haber sido peor.

Steel detuvo el coche en un semáforo y la miró. Toni se había quedado dormida durante la vuelta a Londres. Su larga melena le caía sobre la cara, de tal modo que no Steel no la podía ver. Sonrió para sus adentros y pensó que, hasta dormida, se las arreglaba para esconderse. Pero ya no se escondería más.

No volvería a estar alejado de ella. Había sido paciente, más paciente que con ninguna mujer. Y también había sido sincero; más sincero que con ninguna otra persona.

Se preguntó si Toni sería consciente de ello; si se habría dado cuenta de que él le había abierto su corazón como no lo había hecho con nadie.

Cuando llegó a la casa de sus padres, detuvo el

vehículo y la besó dulcemente para despertarla. Toni se dejó llevar por su beso incluso antes de abrir los ojos.

–Buenas noches, bella durmiente –dijo con una sonrisa.

Salió del coche, le abrió la portezuela y la ayudó a salir a la calle. Después, la tomó de la mano y le acarició los labios con un dedo.

–¿Se lo vas a decir a tus padres?

–¿Qué quieres que les diga? ¿Que somos amigos?

Steel volvió a sonreír.

–A tu madre le caigo bien –dijo con satisfacción.

–Solo porque te comiste dos platos de su estofado.

–¿Cuándo me invitarán otra vez?

–No lo sé. ¿Cada cuánto tiempo se invita a los amigos? –respondió ella con ironía.

–Se les invita a menudo...

–Steel...

Steel notó su ansiedad y la tranquilizó.

–Descuida. Solo hay que invitarlos de vez en cuando.

Ella tragó saliva. Estaba delante de su casa y era tarde. Las niñas estarían durmiendo. Sus padres estarían durmiendo. Aquello iba a terminar mal y ni siquiera sabía por qué estaba alargando la despedida.

Pero un segundo después, cuando lo miró a los ojos, encontró la respuesta. Estaba alargando la despedida porque, en algún momento de los seis meses transcurridos, se había enamorado de Steel Landry.

Cerró los ojos porque tuvo miedo de que la traicionaran y de que Steel se diera cuenta. Era verdad. Se había enamorado de él. Lo amaba con toda su alma. Era una emoción mucho más intensa y profunda que el encaprichamiento que la había llevado a casarse con Richard.

Una parte de ella se sintió aliviada por reconocer al fin lo que sentía; otra parte, sintió pánico.

–Estás cansada, Toni. Será mejor que te acuestes. Dile a tu madre que me has invitado mañana a cenar.

Steel le besó la nariz.

–Pero yo no te he invitado...

–Claro que me has invitado –insistió–. Si no se lo dices tú, tendré que llamar por teléfono y decírselo yo mismo. Ahora estoy en tu vida, Toni. Será mejor que te acostumbres.

Toni se dirigió a la casa, preguntándose cuánto tiempo estaría en su vida. Porque, por mucho tiempo que estuviera, no sería suficiente. Lo quería para siempre. Lo quería a su lado hasta el fin de sus días.

Cuando llegó a la entrada, se giró y se despidió con la mano. A continuación, entró en la casa, cerró la puerta y se apoyó en ella.

Steel arrancó y el ruido del motor desapareció poco a poco en las calles de Londres.

Toni subió al dormitorio de las niñas y las miró un momento. Amelia estaba durmiendo de lado, con una mano bajo la cara. Daisy se había tapado tanto con el edredón que casi no se le veía la cabeza.

Entonces y solo entonces, Toni rompió a llorar.

El sonido del teléfono móvil la despertó. Se levantó del sofá, desconcertada, y abrió su bolso, donde había dejado el móvil.

Todavía no había amanecido.

–¿Dígame? ¿Quién es?

–¿Toni? Soy tío –respondió Steel, muy anima-do–. Annie acaba de dar a luz. Ha sido niña.

Toni se despabiló de inmediato.

–Oh, Steel, qué maravilla...

–Es una criatura preciosa, con los deditos más pe-queños que he visto nunca. No puedo creer que estu-viera dentro de mi hermana hasta hace unos minutos.

–¿Ya la has visto?

–Claro. Anoche, cuando te dejé, me fui directa-mente al hospital. Ni siquiera había llegado cuando Jeff me llamó y me dijo que Annie se había puesto de parto. He estado esperando en una sala... Es per-fecta, Toni. Diminuta, pero perfecta.

–¿Cuánto ha pesado?

–Tres kilos y pico, creo.

–¿Y al final la van a llamar Eve?

–Casi. Va a ser Miranda Eve.

–¿Miranda?

–Sí, nuestra madre se llamaba Miranda.

Toni sintió la extraña necesidad de verlo y de abrazarlo con fuerza. Por el tono de su voz, sabía que estaba muy emocionado.

–¿Dónde estás ahora?

–En el exterior de tu casa.

–¿Cómo? –preguntó, atónita.

Toni se desenredó el pelo con la mano, rápida-mente.

–Es que quería estar cerca de ti –explicó él.

–¿Te apetece tomar un café? –le ofreció ella–. Pero tendremos que ser silenciosos... aunque las ni-ñas siguen dormidas, tienen un oído increíble.

–No te preocupes por eso. Seré tan silencioso como un ratón.

–De acuerdo. Entonces, te abriré.

Toni encendió la luz, abrió el bolso y sacó el cepillo que llevaba dentro para arreglarse un poco el pelo. Tenía cara de sueño y, por supuesto, no estaba maquillada; pero no podía hacer nada al respecto. Se puso un albornoz por encima del pijama, se miró un momento en el espejo del vestíbulo y abrió la puerta.

–Hola. Gracias por dejarme entrar.

A ella le pareció extraordinariamente atractivo. Tenía le pelo revuelto y no se había afeitado, pero estaba imponente.

–Pasa. Voy a preparar el café.

Steel la siguió hasta la cocina.

–¿Te he despertado?

–Por supuesto que sí. Son las cinco de la mañana, Steel –respondió ella, sonriendo–. Anda, siéntate. Pareces agotado.

Steel no se sentó. Se acercó a ella y la tomó entre sus brazos.

–Ah, si la vieras... es una niña preciosa, y se parece mucho a Annie. Todavía me acuerdo de cuando nació. Mi padre me llevó a verla. Yo tenía doce años y Annie me pareció lo más bonito que había visto en toda mi vida –le confesó Steel–. Miranda es igualita que ella.

–¿Annie está bien?

Él asintió.

–Está eufórica, subida a una nube. Y se niega a bajar.

Toni también asintió.

–A mí me pasó lo mismo cuando nacieron las gemelas. No cabía en mí de gozo. Pero también tuve miedo... de repente, era responsable de dos criaturas que dependían enteramente de mí –declaró.

–Y además, no tenías la ayuda de nadie –le recordó.

–No, no la tenía. Me di cuenta cuando di a luz y Richard se quedó en casa porque dijo que los hospitales le ponían enfermo. No vio a las niñas hasta veinticuatro horas después... y fue así durante años. A mi difunto marido no le gustaban los niños.

–¿Te dijo eso? –preguntó, atónito.

–Más o menos. Me lo dijo una noche, durante una discusión. Llamó a las niñas «parásitos».

–¡Dios mío!

–Fue un par de meses antes de que muriera. Pero qué se le iba a hacer... Richard era su padre de todas formas.

Él la abrazó con más fuerza.

–Bueno, no pienses en eso. Es agua pasada.

–Te juro que aquella noche lo habría matado con mis propias manos. ¿Cómo pudo decir eso de sus propias hijas? Si hubiera tenido un arma, la habría usado.

–Pero tendrás tan mala puntería que le habrías dado en la rodilla –bromeó Steel.

Toni rio.

–Oh, discúlpame. Acabas de ser tío y te estoy estropeando la celebración.

–No estás estropeando nada. Pero sinceramente, me sorprende que no odies a Richard... porque no lo odias, ¿verdad?

Ella sacudió la cabeza.

–Lo odié durante una temporada, hasta que me di cuenta de que la mayor víctima de su falta de sensibilidad era él mismo. Por cada gramo de amor que yo le daba a las niñas, ellas me devolvían una tonelada. Richard nunca llegó a experimentarlo. De hecho, mis hijas no lo echan de menos... para ellas fue poco más que un desconocido que aparecía de vez en cuando y las saludaba.

–Y levantaste un muro a su alrededor, claro. Para protegerlas.

–Sí, supongo que sí.

–Eres una gran mujer, Toni. Aunque lamento haber aparecido tan pronto en tu vida. Es evidente que no estabas preparada... había pasado poco tiempo desde la muerte de tu esposo y no habías asumido que volvías a ser libre.

La declaración de Steel sorprendió a Toni. Pero era verdad. Y durante unos momentos, temió que fuera una despedida. A fin de cuentas, Steel había esperado mucho tiempo; quizás, demasiado tiempo.

–Bueno, ¿no me ibas a hacer un café? –preguntó él–. Y si tienes alguna tostada por ahí, te lo agradecería... estoy hambriento.

Ella ya había preparado el café y unas tostadas cuando oyeron pasitos en la escalera. Las niñas se habían despertado y habían bajado a cotillear.

–Buenos días –dijo Steel al verlas–. He venido para decirle a vuestra madre que mi hermana acaba de dar a luz... es una niña preciosa. ¿Queréis verla? Le he sacado una fotografía con mi cámara.

Las niñas corrieron hacia él, encantadas. Steel sacó la cámara y les enseñó la foto.

–Es muy pequeña –dijo Amelia–. Y tiene la cara muy arrugada...

–Y no tiene pelo. Ni uno –intervino Daisy.

–Todavía no, pero ya le saldrán. Y un día será tan guapa como vosotras.

Las dos niñas se miraron con escepticismo. Al cabo de unos segundos, Amelia preguntó:

–¿Tiene papá y mamá?

Steel asintió.

–Sí, tiene un padre y una madre encantadores.

–Nosotras solo tenemos mamá –dijo Daisy–. Nuestro papá murió y ya no va a volver.

–Pero vuestra madre es increíble, la mejor madre que conozco –declaró Steel para animarlas–. Sois muy afortunadas... y por cierto, algo me dice que ahora mismo os va a va a preparar unas tostadas con mermelada y mantequilla.

–¡Sí, sí! –gritó Amelia.

–¿Puedo sentarme contigo? –preguntó Daisy.

–Claro.

–Yo también quiero...

Steel las sentó a las dos en sus rodillas. Cuando terminaron de desayunar, las pequeñas salieron corriendo e informaron de la presencia del hombre de acero a sus abuelos, que bajaron al cabo de unos minutos.

Vivienne y William estuvieron tan agradables como siempre. Steel les enseñó las fotografías de su sobrina y ellos se comportaron con toda naturalidad, como si estuvieran acostumbrados a compartir su cocina con un multimillonario.

El tiempo pasó muy deprisa. Antes de que se dieran cuenta, llegó el momento de que las niñas se marcharan al colegio.

Steel se presentó voluntario para llevarlas en su coche y las pequeñas se entusiasmaron.

–¿Qué coche tienes? ¿Es muy rápido? –preguntó Amelia.

–Es rápido como el viento.

–Pero esta vez no será tan rápido –intervino Toni–. Quiero que conduzcas despacio.

–Oh, mamá –protestó Daisy.

Al salir de la casa, Toni se dio cuenta de que algunos vecinos corrían las cortinas para ver quién era el hombre del deportivo. Pero no le extrañó demasiado. A fin de cuentas, Steel Landry llamaba la atención.

Subieron al coche y se pusieron en marcha. Cuando llegaron al colegio, Toni bajó a las niñas y Steel esperó en el interior del vehículo.

La casualidad quiso que se encontrara en la entrada con Poppy.

–Graham se va a llevar a las niñas un par de días, así que estaré libre para ir de compras –le dijo su amiga, que automáticamente se giró hacia el Aston Martin–. ¿Es él? ¿Steel?

Toni asintió.

–¿Y no me lo vas a contar? –continuó Poppy.

–¿Qué quieres que te cuente?

–Oh, vamos... has venido con él, en su coche y con las niñas –respondió–. ¿Ha pasado la noche contigo?

–No, no ha pasado la noche conmigo. Apareció esta mañana y tuvo la amabilidad de ofrecerse a traerlas. Eso es todo.

–¿Seguro?

–Bueno... es posible que salgamos juntos de vez en cuando. Ahora somos amigos.

–Amigos –repitió Poppy con ironía–. ¿Y desde cuándo sois amigos? Estuvimos juntas el fin de semana y no me dijiste nada.

–Desde ayer.

Las niñas entraron en el colegio y Poppy acompañó a Toni hasta el coche.

Cuando estaban llegando, Poppy susurró:

–Dios mío. Está para comérselo...

–Calla. Te va a oír –protestó Toni.

Poppy sonrió.

–Está bien, me callo. Pero llámame y cuéntamelo todo. Pronto.

Capítulo 9

TONI le rogó a Steel que arrancara de inmediato. Tenía miedo de que su amiga cambiara de opinión, se acercara a la ventanilla del coche y le pidiera un autógrafo.

–¿Para comérselo?

Toni se ruborizó.

–Vaya, lo has oído.

–No sabía que las mujeres hablaran así –declaró con humor.

–Poppy sí.

–¿Y a ti qué te parece? ¿Estoy para comerme?

Ella lo miró.

–No estás mal.

–Oh, muchas gracias por el cumplido –dijo con sarcasmo–. ¿Quieres que te diga lo que yo pienso de ti?

–Si es necesario...

–Pienso que eres la mujer más bella, fascinante y sexy que he conocido en mi vida. Y la más frustrante y enigmática –añadió–. Aunque estoy decidido a resolver el enigma.

Toni se puso muy seria. Lejos de halagarla, las palabras de Steel multiplicaron su inseguridad. La semana anterior había visto una fotografía de Bárbara Gonzalo en una revista que estaba en la oficina. La última amante conocida de su jefe era una mujer despampanante, casi una diosa. Un tipo de mujer con el que ella no podía competir.

–¿Toni? ¿Qué ocurre? ¿Qué te pasa?

–Nada –contestó, forzando una sonrisa–. Es que no creo que esos adjetivos encajen conmigo.

–Si cualquier otra mujer me dijera eso, lo tomaría por una estratagema para conseguir más halagos. Pero tú lo dices en serio, ¿verdad? –dijo él, que sacudió la cabeza–. Toni, voy a alimentar tanto tu ego que, al final, serás incapaz de entrar en una sala sin esperar que te hagan reverencias.

Toni rio.

–Oh, Steel...

–Eres una mujer maravillosa. Y llevas el perfume más sexy que conozco, ¿lo sabías? Cuando entrabas en el despacho, me volvías loco por completo.

–Tú nunca te vuelves loco.

Él se inclinó y cubrió su cuello de besos.

–En eso te equivocas. Cuando empezaste a trabajar para mí, empecé a perder la cordura. Mi corazón se aceleraba cada vez que te veía; y cuando entrabas en mi despacho, tardaba una hora en recobrar el aplomo. No deseaba otra cosa que tumbarte en el sofá o en el suelo y hacerte el amor. Estoy obsesionado contigo, mujer.

Steel la besó en los labios. Toni estaba embriagada por sus palabras; le gustaba tener ese efecto en él, pero al mismo tiempo se sentía extraña, como si estuviera hablando de otra persona. Richard había destrozado su confianza en sí misma. No se había dado cuenta hasta entonces, pero la falta de interés de su marido había hecho mucho daño a su feminidad.

–Eres maravillosa Toni. Nunca me canso de ti.

Ella gimió, encantada.

–Si alguien me hubiera dicho hace unos meses que estaría besuqueándome en mi coche, me habría reído. Pero ya sabes que, algún día, te tendré exactamente donde quiero tenerte, ¿verdad?

Steel volvió a su asiento y arrancó.

Condujo directamente a su piso. Toni no había estado allí desde el día de la entrevista, pero el lugar le pareció tan frío como la primera vez.

–¿Por qué frunces el ceño? –preguntó él.

Ella fue sincera.

–La idea que tengo sobre tu mansión no se parecen nada a esto –respondió–. ¿Estás seguro de que quieres que siga adelante con el encargo de la remodelación?

–No he estado tan seguro de nada en toda mi vida. Ya te he dicho que esa casa tiene que ser un hogar; el hogar de una familia. No te preocupes tanto por la decoración de mi piso... nunca ha sido más que un sitio para dormir.

Toni sabía que estaba jugando con fuego, pero alzó una mano y le acarició la mejilla. Como no se había afeitado, raspaba.

–Sí, ya sé que raspo –dijo él.

Ella sonrió y le tocó el cabello, admirando las canas de sus sienes.

–Te quedan muy bien, ¿lo sabías? Te dan un aspecto muy distinguido –declaró.

Steel se puso serio de repente.

–Tengo treinta y ocho años, Toni. Y me falta poco para cumplir treinta y nueve. ¿No te preocupa nuestra diferencia de edad?

–¿Preocuparme? ¿Por que tiene que preocupar-me? –preguntó sorprendida.

–Porque te saco ocho años.

–¿Y qué? Mi padre le saca diez a mi madre. Cuando yo era niña, Vivienne siempre se burlaba de él por eso... pero estaba bromeando, claro.

Él sonrió.

–Será mejor que me afeite y que me duche. ¿Podrías preparar café? En la cocina está todo lo que necesitas.

Steel se marchó y ella preparó el café. Ya lo había servido cuando él volvió. Se había afeitado y tenía el cabello húmedo. Iba descalzo y llevaba pantalones negros y una camisa blanca sin abrochar.

En cuanto lo miró, Toni se supo perdida. Pero Steel no la besó de inmediato; se limitó a abrazarla y a escudriñar sus ojos.

–Te he echado de menos en la ducha.

Ella soltó una risita.

–Si solo han sido cinco minutos...

–Cinco minutos y cinco siglos son lo mismo cuando no puedo verte, tocarte, besarte. ¿Qué me has hecho, Toni? Estoy rendido a tus pies.

–Steel Landry no se arrodilla ante nadie.

–Steel Landry se arrodilla ante ti –insistió–. Me vuelves loco.

Por primera vez, Toni tomó la iniciativa. Se puso de puntillas y lo besó en los labios.

La respuesta de Steel fue inmediata. La besó con tanto desenfreno, con tanta necesidad, que Toni se sintió inmediatamente dominada por el deseo. Incluso se rindió a la tentación de pasar las manos por debajo de su camisa y acariciarle el pecho.

Poco a poco, las caricias se volvieron más apasionadas. Toni sabía lo que iba a pasar si seguían adelante, pero no hizo ningún esfuerzo por detenerlo ni por detenerse. Quería que la desnudara. Quería hacer el amor con él. Quería sentirlo dentro de su cuerpo. Quería que la poseyera. Lo quería todo.

Pero súbitamente, Steel se apartó.

–¿Qué pasa? –preguntó, desconcertada.

–Maggie –respondió él.

Steel se empezó a abrochar la camisa.

–¿Maggie?

–Sí, había olvidado que está a punto de llegar...

Steel se adecentó tan deprisa como pudo. Y unos minutos después, cuando su cocinera apareció tarareando una canción, los dos estaban sentados a la mesa, como si no hubiera pasado nada.

–Buenos días, Maggie.

–Oh, lo siento... no sabía que estabais aquí.

–He pasado toda la noche en el hospital –explicó Steel–. Annie dio a luz a primera hora de la mañana... yo llamé a Toni para darle la buena noticia y después hemos llevado a sus hijos al colegio.

–¿Ha sido niño? ¿O niña?

–Niña.

–¿Lo ves? Te había dicho que sería una niña. Nunca me equivoco con esas cosas. No me he equivocado en toda mi vida.

–Estando tú, ¿quién necesita ecografías? –ironizó Steel.

A pesar de la naturalidad de Steel, Maggie era una mujer inteligente y supo que la presencia de Toni significaba algo. Ella se dio cuenta y se puso tan nerviosa que se levantó de la mesa, con la excusa de ir al servicio, porque necesitaba poner tierra de por medio.

Cuando entró en el cuarto de baño, cerró la puerta y se lavó la cara. Después, apoyó la frente en el espejo y respiró hondo. Su vida había cambiado radicalmente en veinticuatro horas. El día anterior, todavía era una simple empleada de Steel. Pero ahora eran otra cosa; ahora eran amigos íntimos.

Maggie estaba ocupada, preparando todo un desayuno inglés cuando Toni regresó a la cocina. Aunque Steel y ella habían tomado tostadas con las niñas, había pasado tanto tiempo que tenía hambre.

Maggie se sentó con ellos y desayunaron juntos. La situación era tan agradable que Toni se relajó. De hecho, se relajó tanto que en determinado momento, tras admirar el cabello negro de Steel, se atrevió a decir:

–Siempre me ha sorprendido que tengas los ojos de color azul plateado y el cabello, de color negro azabache. ¿Annie es igual que tú?

–Ya lo verás más tarde. He pensado que podríamos pasar por el hospital cuando nos marchemos. Me gustaría llevarle unas flores... y de paso, tendrías ocasión de conocerla y de ver a su bebé –respondió Steel.

Toni notó que Maggie los miraba con interés, pero la cocinera no dijo nada; se levantó, recogió las cosas de la mesa, llenó el lavaplatos y les preguntó si querían más café. Steel se marchó al dormitorio para terminar de arreglarse y las dos mujeres se quedaron solas en la cocina, charlando.

Cuando salieron del piso, hacía tanto frío que Toni se estremeció y Steel le pasó un brazo por la cintura hasta que llegaron al coche.

Por algún motivo, después de tantos besos y caricias, aquel gesto inocente le pareció el más íntimo de todos. Íntimo y envenenado, porque aún estaba convencida de que su relación era temporal, de que Steel encontraría a otra y se aburriría de ella.

Se dijo que debía protegerse, que debía salvar su corazón. Desgraciadamente, se había enamorado de él y no conocía ninguna protección suficiente contra el amor. Cuanto más lo conocía, más atrapada estaba.

El hospital estaba a un par de minutos del piso de Steel, pero no pudieron entrar en la habitación de Annie hasta las diez de la mañana. Steel llamó a Fiona para decirle que no pasarían por el despacho hasta después de comer y Toni se preguntó qué pensaría de eso su nueva secretaria. Seguramente, supondría que estaban en alguno de los solares de los proyectos en marcha. Seguramente.

La cara de Annie se iluminó al ver a su hermano.

—¡Steel!

—Hola, hermanita...

—Y tú debes de ser Toni... Steel me ha hablado mucho de ti.

—¿En serio? —dijo Toni, sorprendida.

Annie hizo caso omiso de la pregunta.

—Me alegro mucho de conocerte. Anda, pasa y siéntate.

Toni miró la cuna, donde descansaba la recién nacida.

—¿Quieres tomarla en brazos? —preguntó Annie—. De todas formas, tengo que despertarla para darle el pecho.

–Me encantaría.

Toni tomó a Miranda Eve entre sus brazos.

–Es una preciosidad –susurró, sonriendo–. Parece que ha pasado un siglo desde que yo tuve a mis hijas...

–Tienes gemelas, ¿verdad? ¿Cómo se llaman?

–Amelia y Daisy. Ya tienen cuatro años…

Steel permaneció de pie, apoyado en la pared. Habían comprado un ramo de flores por el camino, pero los dos jarrones de la habitación estaban llenos y tuvo que dejarlo encima de la mesa.

–Supongo que uno de los ramos es de Jeff, claro –dijo–. Pero, ¿quién te ha regalado el de claveles y lilas?

Annie dudó un momento antes de responder.

–Bárbara.

Steel se puso tenso.

–¿Bárbara? ¿Cómo ha sabido que has dado a luz?

Annie se encogió de hombros.

–Me llamó un par de veces para preguntarme sobre el embarazo. No me preguntes por qué.

Toni mantuvo la mirada en la niña. No le extrañaba que la impresionante abogada hubiera llamado a Annie. Obviamente, quería retomar su relación con Steel e intentaba mantener el contacto.

–Por lo visto, llamó a Jeff esta mañana, hacia las ocho. Jeff acababa de volver a casa y le dijo que ya había dado a luz. Las flores llegaron unos minutos antes de que aparecierais.

Steel asintió y Toni lo miró. Por la tensión de sus labios, supo que estaba enfadado. Pero se contuvo y su voz sonó perfectamente natural cuando cambió de conversación y preguntó a Annie si la comida del hospital era buena. Incluso le tomó el pelo sobre la caja de bombones que tenía junto a la cama. Le prohibió comérselos de dos en dos.

Toni dejó a Miranda Eve en brazos de su tío, que la acunó un rato antes de dársela a su madre. Minutos después, se despidieron de Annie, salieron del hospital y entraron en el coche. Pero Steel no arrancó de inmediato. Se giró hacia ella y preguntó:

—¿Qué te ocurre?

—¿A mí? A mí no me pasa nada... Annie es encantadora y su bebé, una preciosidad.

Steel no se dejó engañar.

—Te has quedado muy seria, Toni. ¿Es por Bárbara y por las flores que ha enviado? Te prometo que yo no sabía que estuviera en contacto con mi hermana. De hecho, hace meses que no hablo con Bárbara.

Toni asintió.

—Te creo.

—Entonces, ¿qué pasa?

—Ya te he dicho que no pasa nada.

Steel se echó hacia atrás y se cruzó de brazos.

—Como quieras. Si es necesario, nos quedaremos aquí todo el día y toda la noche. Pero no te irás hasta que me digas qué pasa. Y lo digo en serio.

—No digas tonterías. Arranca de una vez.

Él sacudió la cabeza.

—No.

—Steel, no puedes mantenerme cautiva.

—¿Que no puedo? Eso es exactamente lo que estoy haciendo.

Ella suspiró, derrotada.

–Está bien, de acuerdo... supongo que me ha molestado lo de tu ex novia. No es para tanto. No tiene importancia.

Steel entrecerró los ojos.

–No, no, no. Es más que eso. No pareces enfadada ni molesta... es algo más grave que el disgusto por las flores de Bárbara. Pero no sabré qué es si tú no me lo cuentas –declaró, intentando ser razonable con ella.

–No hay nada que contar.

–Ya te he dicho que estaremos aquí todo el día y toda la noche –le recordó.

Toni estaba atrapada. No tenía más remedio que decir la verdad.

–Esto es un error, Steel. No debemos salir juntos –declaró–. Me gustaría que las cosas volvieran a ser como antes; pero si no es posible, terminaré los proyectos con los que me he comprometido y presentaré mi dimisión.

–¿De qué diablos estás hablando? No vas a presentar tu dimisión.

–Sí, Steel, la voy a presentar. Además, no tienes derecho a decirme lo que puedo y lo que no puedo hacer. No permitiré que nadie me imponga sus deseos. Ya tuve bastante con Richard. No se volverá a repetir.

–Todo esto es por él, ¿verdad? Es por el fracaso de tu matrimonio... tienes miedo de volver a estar con alguien, de volver a enamorarte de un hombre. Pero yo no soy Richard, Toni. No soy Richard.

–Esto no tiene nada que ver con Richard.

–Entonces, ¿de qué se trata?

Toni fue tan sincera como pudo.

–De que no quiero dejarme arrastrar a tu forma de vida. No quiero verme obligada a ser una mujer que no quiero ser.

Steel la miró con asombro.

–¿De qué estás hablando? Tú no tienes que intentar ser nada; solo tienes que ser tú –declaró con vehemencia–. Si estás enfadada por Bárbara, recapacita. Esa mujer no significa nada para mí. Pensaba que lo sabías.

–Tú mismo lo acabas de reconocer. Saliste con Bárbara, te acostaste con ella, compartiste tu vida con ella... y ahora no significa nada. Eso es exactamente lo que quiero decir. Algún día dirás lo mismo sobre mí.

–Nunca –bramó.

–Además, el mundo está lleno de Bárbaras. De mujeres bellas y disponibles que están más que dispuestas a acostarse contigo.

–Me estás ofendiendo, Toni. Yo no he cometido ningún delito. Soy un hombre, pero no me acuesto con una mujer solo porque esté disponible o le apetezca... He salido con muchas mujeres, como casi todo el mundo. No es ningún crimen. Y al contrario de lo que puedas pensar, no estuve con ellas por motivos puramente sexuales. Para salir con alguien, me tiene que gustar algo más que su aspecto exterior. Me tiene que gustar por dentro.

–Lo sé, Steel... discúlpame –dijo ella, sacudiendo la cabeza–. Es que estás acostumbrado a mujeres mucho más atractivas e inteligentes que yo. Y si no fui suficiente para un hombre tan normal y corriente como Richard, ¿cómo voy a serlo para ti?

–Toni, tu marido era un adicto. Nada podía ser

suficiente para él. Era un enfermo –observó Steel–. Aunque hubieras sido Afrodita en persona, no habrías conseguido su atención. La enfermedad lo dominaba.

–De todas formas, esto no tiene nada que ver con Richard.

–Mientes. Richard te convirtió en una miedosa. Ahora tienes miedo de confiar en tu instinto, en tus emociones, en lo que sientes. Te ha dejado lisiada; pero en un sentido mucho peor que el físico.

–No hables de mí como si fuera una especie de víctima –le advirtió.

–¡Pues no te comportes como una!

La explosión de Steel la dejó helada.

–Cuando nos conocimos, me dijiste que no querías un hombre en tu vida porque estabas completamente centrada en tus hijas –continuó él–. Pero era una excusa, ¿verdad? No las estabas protegiendo a ellas. Te estabas protegiendo a ti.

–¡Cómo te atreves! –rugió ella, enfadada–. No sabes nada de mí.

–Me atrevo porque sé mucho de ti, Toni. Además, ya no estás jugando únicamente con tu futuro; ahora también estás jugando con el mío, con el nuestro. Y no me rendiré sin luchar. Me has acusado de ser una especie de semental que se acuesta con cualquier mujer que se cruce en su camino.

–Yo no he dicho eso –declaró.

–Lo has dado a entender.

–No, solo he dicho que hay muchas mujeres que están locas por acostarse contigo. Siempre será así, y no los hombres no son capaces de resistirse a la tentación.

–Te equivocas. Yo soy capaz de resistirme.

Ella siguió hablando como si Steel no hubiera dicho nada.

–No quiero ese tipo de presión, Steel. Puede que el noventa por ciento de las mujeres sean capaces de afrontar una situación como esa, pero yo... no puedo. Sencillamente, no puedo.

–¿Me vas a abandonar porque una mujer le ha enviado un ramo de flores a mi hermana? –preguntó Steel, incrédulo.

Toni bajó la cabeza y respondió:

–Lo siento. No soy tan fuerte como pensaba. Tienes razón... estoy haciendo un mundo de un simple ramo de flores. Pero habrá más ramos, habrá más mujeres como Bárbara y yo no seré capaz de soportarlo. Me conozco. No estoy hecha de esa madera.

Steel guardó silencio durante casi un minuto, al cabo del cual arrancó el motor del Aston Martin.

–Muy bien, como tú quieras. Solo te pido que acabes el proyecto de mi casa antes de marcharte. ¿Te parece aceptable?

–Por supuesto –respondió, débilmente.

–Gracias.

Capítulo 10

LO siento, Toni, pero has cometido la peor estupidez de tu vida –dijo Poppy, mirándola con horror–. Abandonas a un hombre encantador, que te adora y que adora a tus hijas... y no lo abandonas porque te haya sido infiel o algo por el estilo, sino porque a otras mujeres les parece atractivo. Es ridículo. ¿Es que no te das cuenta?

Toni sacudió la cabeza.

–No es tan sencillo.

–Discúlpame, pero lo es –insistió, con los brazos en jarras–. Además, Steel te gusta, ¿no? Te gusta mucho.

Toni asintió.

–Oh, Toni, ¿qué has hecho?

–No sigas, Poppy, te lo ruego –dijo con voz quebrada–. Ya he llorado bastante. Y no quiero asustar a las gemelas.

–Las gemelas no se van a enterar de nada. Están en el otro extremo de la casa, jugando con mis dos hijos –le recordó.

–Sí, eso, es verdad...

–¿Entonces?

Toni suspiró.

–Steel no ha hablado de amor en ningún momento, Poppy. Estoy segura de que solo le gusto físicamente. Quiere una relación sexual, pasajera.

–Aunque eso fuera cierto, y no tienes ningún motivo para pensar que lo sea, ¿qué tendría de malo? Seguirías siendo la mujer más afortunada del mundo –alegó su amiga–. Tú misma me has contado que es todo un caballero contigo y que te diviertes mucho con él. Disfruta de la vida, por Dios.

–Oh, Poppy...

–Intenta ponerte en su lugar. Desde el principio, le has repetido que no querías salir con nadie por lo que te pasó con Richard y porque eres una viuda con dos niñas pequeñas. Ante semejante panorama, la mayoría de los hombres habrían salido corriendo; pero él ha sido paciente y ha esperado seis meses. ¿Te preocupa que les guste a otras mujeres? Toni, se podría haber acostado con cualquiera, durante ese tiempo, y no lo ha hecho. ¿Eso no te dice nada?

–Así no vas a conseguir que me sienta mejor. Quiero que me digas que he hecho lo correcto.

–¿Con Steel Landry? Lo siento, pero no has hecho lo correcto. Tienes que hablar con él y decirle que has cambiado de idea. Llora un poco... los hombres no lo pueden soportar. Sobre todo si le dices que él tenía razón y que tú estabas equivocada.

Toni sonrió sin poder evitarlo.

–Estoy enamorada de él, Poppy. Ese es el problema. Y si solo me quiere para una relación temporal, no podré soportarlo. Ya lo has visto. Steel es tan...

–Sí, lo he visto con mis propios ojos.

–Tan guapo, tan rico y tan poderoso... Yo no sabría mantener el interés de un hombre como Steel. No sería capaz. Y si se acostara con otras mujeres, no tendría fuerzas para perdonar sus indiscreciones.

–Estás siendo injusta con él. ¿De dónde has sacado que se vaya a acostar con nadie? Puede que sea un hombre impresionante, pero hasta los hombres impresionantes encuentran a la mujer de su vida.

–¿Y si yo no soy esa mujer?

Poppy la miró, muy seria.

–Sé que lo amas, Toni, pero ¿confías en él? Os habéis visto casi todos los días, durante seis meses, trabajando juntos. Y eso, sin contar vuestras conversaciones vespertinas, claro... A estas alturas, deberías saber si confías en él.

–Pues no lo sé.

–Pensándolo bien, creo que no he formulado la pregunta adecuada. No se trata de confiar en él, ¿verdad? Se trata de que no confías en ti misma.

Toni no tuvo ocasión de explicarse, porque los niños aparecieron en ese momento y pusieron fin a la conversación.

Aquella noche, cuando ya se había acostado, Toni pensó en las palabras de su amiga y supo que tenía razón. Confiaba en Steel, pero no le concedía una oportunidad porque no confiaba en sí misma.

Desesperada, se levantó y bajó a la cocina para prepararse algo caliente. En el exterior hacía tanto frío que la ventana estaba cubierta de hielo. Y la temperatura de la casa no era mucho más alta, porque la calefacción estaba apagada.

Pero el frío de Toni era interior.

Poppy estaba en lo cierto. No confiaba en sí misma. No confiaba en su juicio ni en su instinto; por lo menos, en cuestiones de amor. Quizás habría sido distinto si hubiera conocido a Steel cinco años antes, cuando todavía no se había casado con Richard. Pero lo había conocido después y tenía miedo de volver a comer el mismo error que había cometido con su difunto esposo.

Cuando amaneció y las niñas bajaron a la cocina, ella ya se había vestido y ya había preparado el desayuno. Volvía a ser la Toni de siempre.

Pensó que terminaría el proyecto de la mansión y que dejaría el trabajo. Ya había presentado su dimisión a Steel, por adelantado; se la había presentado en una carta que él aceptó en silencio, sin leerla, con un simple y gélido asentimiento de cabeza.

Al menos, el trabajo con Steel había servido para que pagara gran parte de las deudas contraídas por Richard. El resto tendría que esperar.

No era el fin del mundo.

Pero se lo parecía.

Toni trabajó muy duro durante las semanas siguientes. Cuando volvía a casa estaba tan agotada que no tenía fuerzas ni para pensar; y por si eso fuera poco, soñaba todas las noches con Steel y despertaba más cansada que el día anterior.

Las Navidades llegaron y, con ellas, recibió un sobre de su jefe. Steel Landry siempre daba una paga extra a sus empleados.

Cuando abrió el sobre y vio el contenido, no se lo pudo creer.

—¿Diez mil libras esterlinas? Es demasiado...

—Todo el mundo recibe dos pagas extra al año. Es un buen incentivo.

Toni no fue capaz de decir nada. Bajó la cabeza

y volvió a su despacho con el sobre, a punto de llorar.

Los días posteriores transcurrieron del mismo modo. Lo único que la mantenía viva eran sus hijas y el proyecto de la mansión, con el que ella estaba encantada. Pero su corazón se encogía cuando pensaba que Steel compartiría aquella casa con otra mujer y que, quizás, fundaría una familia con ella.

Enero llegó con cielos grises y vientos helados, pero a pesar de las previsiones meteorológicas, no nevó. La ausencia de nieve permitió que las obras de la mansión avanzaran a buen ritmo y, a principios de febrero, ya estaba prácticamente terminada.

Durante los dos meses anteriores, sus contactos con Steel habían sido bastante esporádicos. Ella se mantenía en su despacho y hacía lo posible por no verlo; pero si necesitaba hablar con él por el motivo que fuera, Steel se comportaba de forma educada y estrictamente profesional. Su calidez había desaparecido.

Por fin, llegó el día de mostrarle su obra. Toni salió de casa a primera hora de la mañana para estar en la mansión antes de que apareciera Steel. Comprobó el interior del edificio, se aseguró de que todo estaba como debía y salió al jardín. El paisaje invernal intensificaba los colores y las sombras, dando énfasis a la hiedra de una de las paredes y a los árboles de hoja perenne.

El cielo se había cubierto y amenazaba nieve cuando, a media mañana, Steel llamó al timbre.

Él sonrió y a ella se le encogió el corazón. Era la primera vez en muchas semanas que Toni se atrevía a mirarlo a los ojos.

–Tengo entendido que quieres enseñarme la casa –comentó él con humor.

Toni le enseñó todas las habitaciones. Steel habló poco. Los tonos pastel y verdes del despacho merecieron su aprobación, al igual que el amarillo claro del salón y la obra de la cocina, que había quedado muy bien. Cuando terminaron con las salas del piso inferior, subieron por la escalera y vieron las suites.

Toni estaba especialmente contenta con la suite principal; en parte, porque era un tributo a su profesionalidad: a pesar de saber que Steel la usaría con otra mujer, se había esforzado al máximo y la había dejado perfecta. El ambiente no podía ser más equilibrado. No era ni excesivamente masculino ni excesivamente femenino.

Sin embargo, no se atrevió a entrar con él. Permaneció en la puerta mientras Steel la observaba con detenimiento.

–Has hecho un gran trabajo –dijo al fin–. Es una casa maravillosa. Ahora solo necesita la familia para la que está pensada.

Ella quiso sonreír, pero no pudo.

–Gracias. Me alegra que te guste.

Él la siguió hasta el piso inferior. Cuando llegaron al vestíbulo, la tomó del brazo.

–Vamos un momento al despacho. Quiero hablar contigo.

Toni supuso que querría despedirse de ella. Al entrar, él le indicó que se sentara y ella se acomodó en uno de los sillones, de color crema. Después, Steel se acercó a la mesa y dejó un sobre encima.

–Este sobre es para ti –dijo.

Ella asintió.

–Lo abriré más tarde, cuando me vaya.

–Será mejor que lo abras ahora. Hay un par de cosas que tenemos que discutir.

Ella se levantó, alcanzó el sobre, lo abrió y sacó los documentos que contenía. Cuando vio la primera página, los ojos se le humedecieron y no pudo seguir leyendo. No entendía nada. Nada en absoluto.

–¿Qué es esto? –acertó a preguntar.

–Es lo que parece, Toni. Te he regalado la mansión. Ahora es tuya. Además, he depositado cierta cantidad en tu cuenta bancaria que bastará para pagar tus deudas y para que vivas una temporada con desahogo, hasta que decidas lo que quieres hacer. Ayer hablé con James y está dispuesto a contratarte otra vez. Su diseñadora de interiores se ha quedado embarazada y va a pedir una baja temporal... pero James me ha dicho que te buscará otra cosa cuando se reincorpore.

Ella lo miró con asombro.

–No puedo aceptar la casa.

–Por supuesto que puedes. Siempre ha significado mucho para ti. Yo imaginaba que viviríamos juntos en ella, pero qué se le va a hacer... –dijo, encogiéndose de hombros–. Aunque no estemos juntos, es tuya.

–Esto es una locura. No puedo aceptar ni la casa ni el dinero, Steel. ¿Es que no lo comprendes?

Toni estaba tan nerviosa que había empezado a temblar.

–No veo por qué no. Las niñas y tú necesitáis una casa y este lugar es perfecto.

–Es una locura –insistió ella.

Él sonrió, pero la miró con seriedad.

–Todo el mundo tiene derecho a cometer una locura de vez en cuando, y yo no soy una excepción. Además, ya no hay nada que hacer. Es oficial, la propiedad es tuya. Solo tienes que firmar unos cuantos papeles.

–No puedo –dijo ella–. No puedo.

–No intento comprarte, Toni. Yo no soy así. Simplemente, necesito saber que las gemelas y tú estaréis bien y que podréis seguir con vuestras vidas. No espero nada de ti; dejaste bien claro lo que sientes. Pero eso no cambia lo que siento yo... de modo que, por favor, concédeme este último deseo.

Steel se detuvo un momento y añadió:

–Para mí, la casa y el dinero es calderilla; para ti, en cambio, significa una vida sin agobios. Si no lo quieres aceptar por ti, acéptalo por Amelia y Daisy. No voy a molestarte más. No me presentaré en tu casa de improviso, si es eso lo que te preocupa... no sin invitación.

–Pero, ¿por qué lo haces? No lo entiendo.

–¿No es evidente?

–No. La gente no regala casas así como así.

Steel caminó hacia ella. Jeff, el marido de Annie, le había hecho ver que debía sincerarse con Toni; que debía tragarse su orgullo y decirle lo que sentía. Y si Toni lo rechazaba, al menos no se arrepentiría más tarde por haber guardado silencio.

Llevaba varias semanas esperando aquel momento, porque sería su última oportunidad. El regalo de la casa no tenía nada que ver; conocía a Toni y sabía que no se dejaría influir por eso. Pero también sabía que Toni lo apreciaba. Y quería descubrir hasta qué punto.

Se detuvo ante ella, sin tocarla y dijo:

–Quiero que tengas la casa porque te amo. Es la primera vez que pronuncio estas palabras. «Te amo». Completamente. Te deseo, te necesito... estoy loco por ti. Eres la única mujer que quiero, la única a la que querré. Pero sé que solo te podría demostrar mi amor con el tiempo, así que tendrás que aceptar mi palabra. Confía en mí.

–¿Y si no puedo? –preguntó ella, tímidamente.

–Yo te ayudaré.

–¿Que tú me ayudarás? ¿Cómo? Eres la única persona que podría destruirme.

Él la miró con intensidad. Toni no había dicho que estuviera enamorada de él, pero era evidente que lo estaba. Si le concedía tanta importancia, si verdaderamente creía que la podía destruir, era porque se había enamorado.

–Yo no te destruiré, Toni. Solo quiero pasar el resto de mi vida contigo. Quiero que nos casemos, que tengamos una docena de hijos... o no, mejor dos docenas –bromeó–. Te amo, te amo, te amo. Solo lamento no habértelo dicho antes. Debería habértelo dicho, pero supongo que, en el fondo, soy cobarde. Pensé que bastaba con demostrártelo.

–No sigas, Steel. Por favor.

–Cásate conmigo, Toni. Vive conmigo. Ámame y deja que os ame a ti y a las gemelas. Permite que seamos una familia.

–No puedo –dijo, desesperada–. No puedo... ¿Es que no lo ves?

–Claro que puedes. Si me amas, puedes. Pero, ¿me amas, Toni? Dime la verdad.

–Te amo –susurró ella con voz quebrada–. Y eso es lo que me asusta. Yo solo soy una mujer ordinaria.

Steel la besó en los labios.

–No digas eso nunca, cariño. Eres preciosa. Eres mi tesoro más preciado.

El beso siguiente fue tan apasionado como si contuviera todo el deseo que habrían reprimido durante las semanas anteriores.

Cuando por fin se apartó de ella, Steel la alzó en sus brazos y la sentó sobre sus piernas, en el sofá.

–Escúchame, amor mío. Tienes que entenderlo. Yo no puedo impedir que las mujeres me miren, pero eso solo te puede hacer daño si tú lo permites. Soy tuyo y te prometo que no quiero estar con nadie más. Eres mi sol, mi luna y mis estrellas. Quiero que seas la madre de mis hijos. Y te ayudaré a confiar en mí, créeme; te ayudaré hasta que desaparezca la última sombra de duda y estaré contigo hasta el fin de nuestros días.

Él la volvió a besar y ella derramó unas lágrimas.

–Oh, Steel, he sido tan desgraciada... Te quería tanto, pero estaba tan asustada...

–Pero eso ha terminado, amor mío. Te necesito tanto como tú me necesitas a mí. No puedo vivir sin ti.

Toni hundió la cara en su cuello.

–Te he echado de menos –le confesó–. Pensé que ya no te gustaba.

Él se apartó un poco, la miró y dijo, con una sonrisa:

–¿Quieres una boda por todo alto?

–¿Por todo lo alto? No, no. Ya tuve una boda por todo lo alto y resultó muy impersonal. Pero tenemos tiempo de sobra antes de decidir...

–Me alegra que prefieras una boda sencilla –la interrumpió–, porque quiero casarme contigo cuanto antes, la semana que viene.

–¿La semana que viene? ¿No es demasiado pronto?

–Claro que no. Te quiero, Toni; te quiero en mi cama y como mi esposa. Estoy harto de aventuras pasajeras. Esto es distinto. Tú eres distinta. No te tocaré hasta que seamos marido y mujer.

Ella sintió pánico durante un momento. Las cosas iban demasiado deprisa. Pero lo miró a los ojos y supo que su amor era sincero.

–Quiero hacerte el amor, Toni, pero quiero hacerlo con calma, con todo el tiempo del mundo por delante. Además, no podrás cambiar de opinión cuando tengas el anillo en el dedo... –bromeó.

Toni respiró hondo. Aún estaba asustada, pero sabía que, si Steel estaba a su lado, recobraría la confianza en sí misma y recuperaría todo lo que había perdido cuando conoció a Richard.

–¿Y bien? ¿Qué te parece? ¿Tenemos el noviazgo más corto de la historia? –preguntó Steel.

Toni sonrió.

–Trato hecho. Pero te advierto que las niñas querrán vestir de rosa.

Epílogo

HABÍAN pasado diez años desde el día de febrero en que Steel la tomó en brazos y la llevó al interior de la mansión. Diez años de amor, risas, felicidad y algunos tropiezos, como en todas las familias.

Amelia y Daisy se habían convertido en unas jovencitas seguras y preciosas. El primer hijo de Toni y de Steel nació un año después de la boda y el segundo, dieciocho meses más tarde. Katie Jane, la tercera, llegó en el quinto año de su matrimonio; y tenía tanto carácter que controlaba a todos los habitantes de la mansión, excepción hecha de Toni.

Incluso ahora, mientras Toni miraba a su hija pequeña, que estaba jugando con los demás en la casita que Steel había construido en el jardín, pudo oírla dando órdenes a sus hermanos.

—Es terriblemente mandona —dijo a su esposo, que estaba junto a ella—. La mimas demasiado.

Steel sonrió. Toni lo deseaba como el primer día. Nunca habría imaginado que pudiera ser más guapo de lo que era, pero la vida familiar le sentaba tan bien que estaba mejor que nunca. Y sus dos hijos, Harry y John, habían heredado el atractivo de su padre.

Extendió un brazo hacia él y lo tomó de la mano.

–Te quiero tanto... –susurró.

Él se inclinó hacia ella y la besó.

–Y yo a ti. Cada vez más.

Toni sabía que era cierto. Sus dudas habían desaparecido tiempo atrás, durante sus largas noches en la cama, cuando él la acariciaba, la besaba y la lamía hasta llevarla al paraíso y volvía a empezar otra vez, incansable.

Poco después de que se casaran, Steel redujo drásticamente su horario laboral y se buscó un sustituto para que llevara los asuntos generales de la empresa. Quería tener tiempo para ganarse el afecto de Amelia y Daisy y ser un buen padre. Y lo había conseguido. De hecho, Steel las quería tanto como a sus propios hijos.

Con la llegada de los pequeños, la mansión también se llenó de mascotas; de momento, tenían tres perros, dos gatos, seis hámsteres y un conejo que se llamaba Fraser. Pero a pesar del trabajo que daban, cada día era precioso y Toni no lo habría cambiado por nada del mundo.

Steel se había tomado la molestia de construir una casita en la propiedad, para que los padres de Toni estuvieran más cómodos y William no tuviera que subir escaleras. Como estaba a cierta distancia, mantenían su independencia sin dejar de ser una familia unida al mismo tiempo. Y tanto William como Vivienne, pero especialmente Vivienne, pensaban que Steel era lo mejor desde el descubrimiento de la rueda.

Toni estaba de acuerdo con ellos. Despertar por las mañanas, entre sus brazos, era una experiencia tan dulce que no tenía precio. Tenía una casa preciosa con cinco hijos preciosos; pero sobre todo, tenía a Steel. Era suyo, todo suyo. Y Toni sabía que era la persona más importante de su vida porque él se lo decía diariamente.

Cuando la volvió a besar, pensó que los fantasmas del pasado habían desaparecido para siempre. Volvía a ser ella misma. Porque la amaban.

Acepte 2 de nuestras mejores novelas de amor GRATIS

¡Y reciba un regalo sorpresa!

*¿Cómo iba a luchar contra un hombre con tanto
dinero, con tanto poder y con un encanto
al que no era capaz de resistirse?*

PASIÓN JUNTO AL MAR

ANDREA LAURENCE

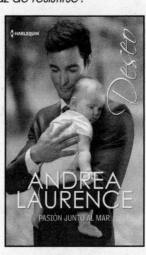

Un error cometido en una clínica de fertilidad convirtió a Luca
Moretti en padre de una niña junto a una mujer a la que ni siquiera
conocía. Y, una vez que lo supo, Luca no estaba dispuesto a
apartarse de su hija bajo ningún concepto, pero solo contaba
con treinta días para convencer a la madre, Claire Douglas, de
que hiciera lo que él quería.

Claire todavía estaba intentando superar la muerte de su marido
cuando descubrió que el padre de su hija era un desconocido. Un
rico soltero que no pensaba detenerse ante nada para conseguir
la custodia de la niña.

Bianca

Retenida y seducida al mismo tiempo

VIAJE A LA FELICIDAD

LUCY ELLIS

La secreta agorafobia de Lulu Lachaille no iba a impedirle acudir a la boda de su mejor amiga. Llegado el día, Lulu se sentía completamente fuera de lugar, pero no era eso lo que hacía que su corazón palpitara desbocadamente…

El escéptico padrino y leyenda del polo, Alejandro du Crozier, odiaba las bodas… ¡Hasta que se quedó aislado en las Highlands escocesas con la seductora dama de honor!

La tentación que representaba la inexperta Lulu era irresistible para Alejandro. Y estaba decidido a mantenerla cerca, e incluso llevarla consigo a Buenos Aires, hasta asegurarse de que su irrefrenable atracción mutua no había tenido consecuencias.